Contos finais
escolhidos

Franz Kafka

Contos finais escolhidos

EDIÇÃO BILÍNGUE

SELEÇÃO, TRADUÇÃO E APRESENTAÇÃO

Daniel Martineschen
Izabela M. Drozdowska-Broering
Markus J. Weininger

© Editora Estação Liberdade, 2024, para esta tradução

PREPARAÇÃO Fábio Fujita
REVISÃO Gustavo Katague
EDITOR ASSISTENTE Luis Campagnoli
SUPERVISÃO EDITORIAL Letícia Howes
EDIÇÃO DE ARTE Miguel Simon
EDITOR Angel Bojadsen

CIP-BRASIL. CATALOGAÇÃO NA PUBLICAÇÃO
SINDICATO NACIONAL DOS EDITORES DE LIVROS, RJ

K16c

Kafka, Franz, 1883-1924
  Contos finais escolhidos / Franz Kafka ; seleção, tradução e apresentação Daniel Martineschen, Izabela M. Drozdowska-Broering, Markus J. Weininger. - 1. ed. - São Paulo : Estação Liberdade, 2024.
  128 p. ; 21 cm.

  "Seleção de contos"
  ISBN 978-65-86068-96-2

  1. Contos alemães. I. Martineschen, Daniel. II. Drozdowska-Broering, Izabela M. III. Weininger, Markus J. IV. Título.

24-94613
CDD: 833
CDU: 82-34(430)

Meri Gleice Rodrigues de Souza - Bibliotecária - CRB-7/6439

15/10/2024   18/10/2024

Todos os direitos reservados à Editora Estação Liberdade. Nenhuma parte da obra pode ser reproduzida, adaptada, multiplicada ou divulgada de nenhuma forma (em particular por meios de reprografia ou processos digitais) sem autorização expressa da editora, e em virtude da legislação em vigor.

Esta publicação segue as normas do Acordo Ortográfico da Língua Portuguesa, Decreto nº 6.583, de 29 de setembro de 2008.

EDITORA ESTAÇÃO LIBERDADE LTDA.
Rua Dona Elisa, 116 | Barra Funda
01155-030 São Paulo – SP | Tel.: (11) 3660 3180
www.estacaoliberdade.com.br

Sumário

Apresentação | A influência duradoura de Franz Kafka 9

Prometheus (1919) | Prometeu   18 | 19
Heimkehr (1920) | Retorno a casa   20 | 21
Poseidon (1920) | Poseidon   22 | 23
Die Truppenaushebung (1920) | O recrutamento
  de tropas   26 | 27
Die Abweisung (1920) | A recusa   34 | 35
Nachts (1920) | À noite   36 | 37
Zur Frage der Gesetze (1920) | Sobre a questão
  das leis   38 | 39
Der große Schwimmer (Fragment) (1920) |
  O grande nadador (fragmento)   44 | 45
Die Gemeinschaft (1920) | A comunidade   50 | 51
Die Prüfung (1920) | A prova   54 | 55
Der Geier (1920) | O abutre   58 | 59
Der Kreisel (1920) | O pião   62 | 63
Das Stadtwappen (1920) | O brasão da cidade   64 | 65
Der Steuermann (1920) | O timoneiro   68 | 69
Kleine Fabel (1920) | Pequena fábula   70 | 71
Der Aufbruch (1922) | A partida   72 | 73
Von den Gleichnissen (1922) | Sobre as parábolas 74 | 75

Das Ehepaar (1922) | O casal   76 | 77
Gibs auf! (1922) | Desista!   90 | 91
Fürsprecher (1922) | Intercessores   92 | 93
Eine kleine Frau (1924) | Uma pequena mulher   98 | 99

POSFÁCIO | TRADUÇÃO COLABORATIVA DE TEXTOS LITERÁRIOS:
    SOBRE O PROCESSO DE TRADUÇÃO DESTE VOLUME   121

OS CONTOS E SEUS TRADUTORES   127

Apresentação
A influência duradoura de Franz Kafka

Franz Kafka, um dos escritores mais influentes do século xx, deixou um legado duradouro que ressoa profundamente na literatura brasileira e mundial. A literatura de expressão alemã que surgiu após a Segunda Guerra Mundial frequentemente é chamada de uma literatura de escombros. No entanto, também a escrita kafkiana após a Primeira Guerra, mesmo no caso de um escritor relativamente pouco interessado na política do seu tempo, parece apontar para um mundo em escombros, um mundo questionado e questionável, um mundo prestes a cair em ruínas. O escritor não oferece ao leitor nem soluções nem respostas, mas, sim, provoca, questiona, por vezes tira o resto de uma traiçoeira esperança e fé no hábito e nas regras do dia a dia, produz inquietação, mas também traz momentos de humor ímpar, mostrando o mundo num espelho torto. Sua obra, marcada por temas como alienação, burocracia, angústia existencial e absurdos da vida moderna, encontrou eco em escritores e leitores brasileiros. Apesar de ser um dos escritores mais lidos e refletidos, que de certo modo até achou a entrada no mundo pop, parece que Kafka ganha ainda mais relevo em tempos de crise, de questionamento e de transformação. No ano

do centenário de sua morte, convidamos o público leitor a refletir sobre a importância de Kafka para o Brasil, sua história de recepção, traduções significativas e influência contínua na literatura brasileira.

A recepção brasileira de Kafka

A recepção inicial da obra de Kafka no Brasil foi marcada por um interesse crescente entre escritores e intelectuais que tinham acesso aos seus textos em língua alemã. Sua verdadeira popularidade começou a decolar junto ao público brasileiro nas décadas de 1950 e 1960, com o surgimento das primeiras traduções para o português.[1] Na verdade, como mostra Denise Bottmann[2], a recepção brasileira de Kafka inicia em 1946, com a primeira tradução publicada do conto "Um artista do trapézio" (*Erstes Leid*), de autoria anônima e aparentemente baseada numa tradução espanhola.

A recepção tradutória de Kafka, à qual este volume deseja se conectar, tem uma história que não é das mais simples e envolve muitas traduções indiretas.[3] Ainda

---

1. As primeiras traduções foram indiretas, feitas a partir de versões em espanhol atribuídas a Jorge Luis Borges. Para uma revisão detalhada da recepção tradutória de Kafka no Brasil, cf. o artigo de Denise Bottmann, "Kafka no Brasil: 1946-1979" (*Tradterm*, v. 24, p. 213-38, 2014). O blog *Não gosto de plágio*, da mesma autora, é atualizado periodicamente e inclui traduções não contempladas no artigo.
2. Denise Bottmann, op. cit., p. 216.
3. Por exemplo, a recepção de *Die Verwandlung* foi marcada por essa via indireta, a começar pela tradução de Ortega y Gasset,

conforme Bottmann (de cujo relato detalhado recomendamos a leitura), nas primeiras duas décadas (de 1946 a 1963) as traduções vieram de várias fontes, inclusive algumas feitas diretamente do alemão; mas, num segundo período, de 1964 a 1979, as traduções (sobretudo de Torrieri Guimarães) revelam ter advindo de versões espanholas, como a mencionada anteriormente, apesar de o tradutor afirmar ter se valido de versões francesas. Nesse período anterior à década de 1990, a lista de tradutores inclui Paulo Rónai, Aurélio Buarque de Holanda, Waltensir Dutra, Otto Maria Carpeaux, Temístocles Linhares e outros, além de Jacó Guinsburg e Anatol Rosenfeld como prefaciadores e antologistas.

Nas décadas de 1980, 1990 e 2000, a figura marcante é a do falecido professor Modesto Carone, que em diversas antologias, edições e coletâneas ajudou a (re)definir a dicção kafkiana no Brasil com suas traduções feitas diretamente do original alemão de praticamente toda a obra de Kafka.[4] Apesar de termos evitado

---

intitulada *La metamorfosis*, que influenciou as traduções para o inglês (idioma dominante como fonte na década de 1970) e, consequentemente, outras línguas. Conforme Bottmann relata, Jorge Luis Borges, ao revelar que as traduções atribuídas a ele eram de fato anônimas, afirma que não teria traduzido *Verwandlung* por *metamorfosis*, mas por *transformación*, uma palavra muito mais comum e menos ligada ao vocabulário da biologia.

4. Pode-se discutir muito o efeito que traduções (ou, no caso de Kafka, *re*traduções) feitas a partir do idioma original têm na recepção de um autor; atualmente, com a vasta fortuna crítica e a Internet à disposição para pesquisas, não se justifica a tradução pela via indireta. Contudo, para uma discussão a respeito do papel da tradução indireta, cf. Mauricio Mendonça

o cotejo direto, sobretudo *antes* da realização de nossas traduções, fizemos consultas pontuais em traduções de Modesto Carone, como as publicadas em *Narrativas do espólio (1914-1924)*[5], sobretudo para testar a dicção que obtivemos em nossa empreitada a seis mãos. Por fim, não podemos deixar de mencionar as traduções dos professores Marcelo Backes e João Barrento, que agregaram mais leituras e insights na recepção de Kafka em língua portuguesa — além e aquém do Atlântico!

A obra do autor que dá origem ao termo *kafkiano* tem tal penetração na cultura brasileira (e, podemos dizer, em quase todas as culturas no mundo) que inspirou toda sorte de adaptações e reinterpretações nas mais variadas formas artísticas, desde o cinema até o teatro. A recepção de Kafka teve entrada também na cultura popular, manifestando-se na arte urbana, em gifs, stickers e diversas expressões do cotidiano. Merece destaque, sobretudo, o interesse do público infantojuvenil, que encontra em Kafka uma porta de acesso importante ao mundo da literatura. Recomendamos a leitura da tese de doutoramento de Lucila Zorzato[6], na qual a autora analisa a presença da literatura infantojuvenil de língua alemã no Brasil,

---

Cardozo, "Mãos de segunda mão? Tradução (in)direta e a relação em questão" (*Trabalhos em Linguística Aplicada*, v. 50, n. 2, pp. 429-42, dez. 2011).

5. Franz Kafka, *Narrativas do espólio*. Tradução: Modesto Carone. São Paulo: Companhia das Letras, 2002.

6. Lucila Bassan Zorzato, *A presença da literatura infantojuvenil alemã no Brasil: Estudo da circulação de obras entre o público leitor (1832-2005)*. Assis: Unesp, 2014. 494 pp. Tese (Doutorado em Letras).

dedicando especial atenção a Kafka, além de trazer uma listagem das obras adaptadas para esse público.

Influência na literatura brasileira

A influência de Kafka na literatura brasileira é vasta e multifacetada. Seus temas e técnicas narrativas foram incorporados por diversos escritores brasileiros, que encontraram em sua obra um espelho para as angústias e os dilemas da condição humana. Olhando por outro lado, essas angústias e dilemas se manifestam na escrita de uma diversidade de autoras e autores dos séculos XX e XXI, e é natural traçar paralelos com os temas e com o estilo de escrita de Franz Kafka. Podemos notar a presença de Kafka na literatura brasileira em obras que abordam temas sociais e políticos, bem como burocracia estatal, corrupção, violência urbana e os absurdos da vida moderna. Um exemplo marcante de referência à obra de Kafka é o documentário *O processo*, de Maria Augusta Ramos, que retrata o teor profundamente kafkiano do processo de impeachment da ex-presidenta Dilma Rousseff: o sugestivo título remete ao romance homônimo de Kafka, no qual um homem é preso e condenado sem jamais saber de que crime foi acusado e sem jamais ter acesso à defesa.

Uma autora cuja obra permite traçar paralelos com o universo kafkiano é Clarice Lispector. O texto clariceano, assim como o de Kafka, se apresenta como *literatura-filosofia* ou *literatura-reflexão*[7], no sentido de sempre

---

7. Maria Elisa de Oliveira, "Clarice Lispector: Um diálogo entre filosofia e literatura". *Trans/Form/Ação*, v. 11, pp. 69-76, dez. 1988.

partir de uma reflexão existencial e a dispor no texto literário para confrontação do leitor. Além disso, "as personagens de Clarice Lispector entram repentina, estranha e surpreendentemente num estado de revelação de seu ser, ganhando, assim, existência de humanos".[8] Um romance de Clarice no qual se observam traços kafkianos é *A paixão segundo G.H.* Nesse romance, a protagonista G.H., após matar uma barata ao tentar limpar sua casa, se vê numa crise de identidade e mesmo de perda de sua individualidade, pelos labirintos da própria mente. Para além do inseto repugnante, o que a narrativa de Clarice põe em questão é o absurdo da vida cotidiana, as mentiras e máscaras que as pessoas usam no teatro do dia a dia e a própria ideia de uma individualidade estanque. Talvez um último paralelo entre Clarice e Kafka seja o seguinte: pode-se dizer que, depois da leitura dos textos desses dois autores, o leitor se encontra num estado intranquilo, perplexo e sem chão, pois os limites entre realidade e ficção são sacudidos na sua base.

Os últimos contos de Kafka

As últimas peças de prosa curta de Franz Kafka que compõem esta seleção refletem o estilo único e perturbador que caracteriza sua obra como um todo. De uma densidade excepcional que remete às fábulas de Esopo, esses textos trazem também ares de suspense que fazem com

---

8. Marcia Regina Cândido Otto Adam, *Clarice Lispector e Franz Kafka: Trilhas e vislumbres*. Florianópolis: UFSC, 2005. 96 pp., p. 4. Dissertação (Mestrado em Literatura Brasileira).

que o autor seja, por vezes, comparado a Edgar Allan Poe. Os contos mais curtos de Kafka entram na categoria conhecida hoje como microconto. Com o mínimo de recursos, o autor atinge o máximo de efeito, ou, como aponta Julio Cortázar em *Alguns aspectos do conto*, "o romance ganha sempre por pontos, enquanto o conto precisa ganhar por nocaute".[9] Como os outros minicontos, os últimos contos de Kafka se assemelham a fotografias, um retrato de um instante. Ao mesmo tempo, não relatam situações contemporâneas do autor, mas, sim, num cenário por vezes onírico, trazem à tona angústias e dúvidas atemporais, em que a subjetividade apela às regras e leis às quais, paradoxalmente, não tem acesso. Entre sonho, absurdo e fotografia, os pequenos contos de Franz Kafka viram retratos minimalistas da condição humana que tanto apelam aos tempos atuais.

No final da vida, Kafka empregou uma linguagem ainda mais concisa e imagética, com suas histórias muitas vezes terminando de forma abrupta, deixando questões em aberto e convidando o leitor a refletir sobre algum possível significado subjacente.

Para esta coletânea, selecionamos contos curtos escritos entre os anos de 1919 e 1924, todos publicados postumamente por Max Brod, escritor e amigo de Kafka. A maioria dos títulos dos contos foi dada por Brod que, como se sabe, desobedeceu ao último testamento do amigo, de que seus escritos fossem destruídos após sua morte. A edição que utilizamos foi *Sämtliche Erzählungen* [*Contos completos*], publicada pela editora alemã Fischer

---

9. Julio Cortázar, "Alguns aspectos do conto". In: *Valise de cronópio*. São Paulo: Perspectiva, 2006, p. 152.

Taschenbuch.[10] A única exceção a essa edição foi o conto em fragmento "O grande nadador" (*Der große Schwimmer*), que retiramos do chamado "Convoluto 1920".[11]

O critério de seleção dos contos foi, sobretudo, cronológico (entre 1920 e 1924) e de tamanho (apenas contos curtos), à exceção dos contos "A recusa" (escrito entre 1910 e 1913) e "Prometeu" (por volta de 1918). A presente seleção de contos mostra marcos decisivos na linguagem e nos tópicos abordados que salientam a continuidade temática e estilística da obra do escritor. Esta coletânea é uma tentativa de aproximação à obra do escritor desafiante não somente para leitores, mas também para tradutores, com o seu texto por vezes hermético e ambíguo. Nossa tradução busca evidenciar justamente esses aspectos do texto kafkiano sem achatar as rupturas, nós narrativos e o estranhamento generalizado em textos que se conectam mais uma vez com a sensação atual de viver em um mundo à deriva.

Daniel Martineschen
Izabela M. Drozdowska-Broering
Markus J. Weininger

---

10. Franz Kafka, *Sämtliche Erzählungen*. Org. Paul Raabe. Frankfurt am Main: Fischer Taschenbuch Verlag, 1973.

11. Fragmento encontrado no chamado "Convoluto 1920" e que recebeu de Max Brod o título "Der große Schwimmer".

Contos finais escolhidos

Prometheus (1919)

Von Prometheus berichten vier Sagen:

Nach der ersten wurde er, weil er die Götter an die Menschen verraten hatte, am Kaukasus festgeschmiedet, und die Götter schickten Adler, die von seiner immer wachsenden Leber fraßen.

Nach der zweiten drückte sich Prometheus im Schmerz vor den zuhackenden Schnäbeln immer tiefer in den Felsen, bis er mit ihm eins wurde.

Nach der dritten wurde in den Jahrtausenden sein Verrat vergessen, die Götter vergaßen, die Adler, er selbst.

Nach der vierten wurde man des grundlos Gewordenen müde. Die Götter wurden müde, die Adler wurden müde, die Wunde schloß sich müde.

Blieb das unerklärliche Felsgebirge. — Die Sage versucht das Unerklärliche zu erklären. Da sie aus einem Wahrheitsgrund kommt, muß sie wieder im Unerklärlichen enden.

Prometeu

Há quatro lendas que dão notícias sobre Prometeu.

Diz a primeira que foi acorrentado no Cáucaso, pois traiu os deuses para os humanos e os deuses enviaram águias que comeram do seu fígado, que sempre voltava a crescer.

Diz a segunda que Prometeu, na dor dos bicos que o castigavam, pressionava-se cada vez mais fundo rocha adentro, até se tornar uno com ela.

Diz a terceira que, durante milênios, foi esquecida sua traição, os deuses tinham esquecido, as águias, ele mesmo.

Diz a quarta que todos se cansaram daquilo que havia perdido sua causa. Os deuses se cansaram, as águias se cansaram, a ferida se fechou cansada.

Ficaram as inexplicáveis montanhas rochosas. — A lenda tenta explicar o inexplicável. Como ela vem de uma causa verdadeira, precisa terminar novamente no inexplicável.

Heimkehr (1920)

Ich bin zurückgekehrt, ich habe den Flur durchschritten und blicke mich um. Es ist meines Vaters alter Hof. Die Pfütze in der Mitte. Altes, unbrauchbares Gerät, ineinanderverfahren, verstellt den Weg zur Bodentreppe. Die Katze lauert auf dem Geländer. Ein zerrissenes Tuch, einmal im Spiel um eine Stange gewunden, hebt sich im Wind. Ich bin angekommen. Wer wird mich empfangen? Wer wartet hinter der Tür der Küche? Rauch kommt aus dem Schornstein, der Kaffee zum Abendessen wird gekocht. Ist dir heimlich, fühlst du dich zu Hause? Ich weiß es nicht, ich bin sehr unsicher. Meines Vaters Haus ist es, aber kalt steht Stück neben Stück, als wäre jedes mit seinen eigenen Angelegenheiten beschäftigt, die ich teils vergessen habe, teils niemals kannte. Was kann ich ihnen nützen, was bin ich ihnen und sei ich auch des Vaters, des alten Landwirts Sohn. Und ich wage nicht, an der Küchentür zu klopfen, nur von der Ferne horche ich, nur von der Ferne horche ich stehend, nicht so, daß ich als Horcher überrascht werden könnte. Und weil ich von der Ferne horche, erhorche ich nichts, nur einen leichten Uhrenschlag höre ich oder glaube ihn vielleicht nur zu hören, herüber aus den Kindertagen. Was sonst in der Küche geschieht, ist das Geheimnis der dort Sitzenden, das sie vor mir wahren. Je länger man vor der Tür zögert, desto fremder wird man. Wie wäre es, wenn jetzt jemand die Tür öffnete und mich etwas fragte. Wäre ich dann nicht selbst wie einer, der sein Geheimnis wahren will.

Retorno a casa

Eu retornei, atravessei o pátio e estou olhando à minha volta. Trata-se da antiga herdade do meu pai. A poça no meio. Equipamentos enroscados, velhos e inúteis, bloqueiam o caminho para a escada do sótão. A gata espreita sobre o corrimão. Um pano rasgado, enrolado à toa em volta de um palanque, ergue-se ao vento. Cheguei. Quem me receberá? Quem espera atrás da porta da cozinha? Sai fumaça da chaminé, preparam o café da tarde. Você percebe aconchego, sente-se acolhido? Já não sei, estou bem inseguro. Sim, é a casa do meu pai, mas há objetos frios lado a lado, como se cada um estivesse ocupado com seus próprios assuntos que eu meio esqueci, meio nunca cheguei a conhecer. Que utilidade eu poderia ter para eles, o que sou para eles, mesmo sendo filho do pai, do velho agricultor? E não ouso bater à porta da cozinha, mas só de longe fico de pé na escuta, de modo a não ser surpreendido como bisbilhoteiro. E como escuto de longe, não percebo nada, ouço só uma batida de relógio ou apenas penso tê-la escutado, provinda dos dias de infância. O que de resto se passa na cozinha é segredo dos que ali estão sentados, segredo que guardam de mim. Quanto mais se hesita frente à porta, tanto mais distante se fica. Como seria se alguém abrisse agora a porta e me perguntasse algo? Aí não seria eu mesmo como alguém que quer guardar seu segredo?

Poseidon (1920)

Poseidon saß an seinem Arbeitstisch und rechnete. Die Verwaltung aller Gewässer gab ihm unendliche Arbeit. Er hätte Hilfskräfte haben können, wie viel er wollte, und er hatte auch sehr viele, aber da er sein Amt sehr ernst nahm, rechnete er alles noch einmal durch und so halfen ihm die Hilfskräfte wenig. Man kann nicht sagen, daß ihn die Arbeit freute, er führte sie eigentlich nur aus, weil sie ihm auferlegt war, ja er hatte sich schon oft um fröhlichere Arbeit, wie er sich ausdrückte, beworben, aber immer, wenn man ihm dann verschiedene Vorschläge machte, zeigte es sich, daß ihm doch nichts so zusagte, wie sein bisheriges Amt. Es war auch sehr schwer, etwas anderes für ihn zu finden. Man konnte ihm doch unmöglich etwa ein bestimmtes Meer zuweisen; abgesehen davon, daß auch hier die rechnerische Arbeit nicht kleiner, sondern nur kleinlicher war, konnte der große Poseidon doch immer nur eine beherrschende Stellung bekommen. Und bot man ihm eine Stellung außerhalb des Wassers an, wurde ihm schon von der Vorstellung übel, sein göttlicher Atem geriet in Unordnung, sein eherner Brustkorb schwankte. Übrigens nahm man seine Beschwerden nicht eigentlich ernst; wenn ein Mächtiger quält, muß man ihm auch in der aussichtslosesten Angelegenheit scheinbar nachzugeben versuchen; an eine wirkliche Enthebung Poseidons von seinem Amt dachte niemand, seit Urbeginn war er zum Gott der Meere bestimmt worden und dabei mußte es bleiben.

Poseidon

Poseidon fazia contas, sentado à sua escrivaninha. A administração de todas as águas lhe dava trabalho infinito. Poderia ter tido auxiliares, tantos quantos quisesse, e de fato tinha muitos, mas como levava seu cargo muito a sério, conferia ele mesmo todos os cálculos uma vez mais, e nisso os auxiliares eram de pouca ajuda. Não se pode dizer que o trabalho lhe dava alegria. Na verdade, ele só o executava porque lhe fora imposto e, de fato, várias vezes já havia se candidatado para um trabalho mais alegre, no seu modo de dizer, mas sempre que lhe traziam diversas sugestões, ficava evidente que nada lhe convinha mais do que seu cargo atual. Também era muito difícil encontrar uma coisa diferente para ele. Seria impossível atribuir-lhe apenas um mar específico. Sem considerar que ali o trabalho contábil também não seria menor, mas com mais pormenores, o grande Poseidon poderia assumir apenas uma posição de comando. E quando lhe ofereciam uma função fora da água, passava mal só de pensar na ideia, sua respiração divina se tornava irregular, sua caixa torácica de ferro titubeava. No mais, ninguém levava suas queixas muito a sério. Quando um poderoso perturba, deve-se fingir ceder aos seus apelos mesmo nas causas mais perdidas. A remoção efetiva de Poseidon do seu cargo não era algo que alguém considerasse — desde os primórdios fora destinado a ser o Deus dos Mares, e isso precisava ser mantido.

Am meisten ärgerte er sich — und dies verursachte hauptsächlich seine .Unzufriedenheit mit dem Amt — wenn er von den Vorstellungen hörte, die man sich von ihm machte, wie er etwa immerfort mit dem Dreizack durch die Fluten kutschiere. Unterdessen saß er hier in der Tiefe des Weltmeeres und rechnete ununterbrochen, hie und da eine Reise zu Jupiter war die einzige Unterbrechung der Eintönigkeit, eine Reise übrigens, von der er meistens wütend zurückkehrte. So hatte er die Meere kaum gesehn, nur flüchtig beim eiligen Aufstieg zum Olymp, und niemals wirklich durchfahren. Er pflegte zu sagen, er warte damit bis zum Weltuntergang, dann werde sich wohl noch ein stiller Augenblick ergeben, wo er knapp vor dem Ende nach Durchsicht der letzten Rechnung noch schnell eine kleine Rundfahrt werde machen können.

O que mais o deixava irritado — e era isto, sobretudo, que causava sua insatisfação com seu cargo — era quando descobria o que as pessoas pensavam dele, por exemplo, quando seguia passeando de carruagem pelas vagas do mar com o seu tridente. Entretanto, calculava sem parar, sentado no fundo do oceano, aqui e acolá uma viagem a Júpiter era a única interrupção da monotonia — viagem, aliás, da qual na maioria das vezes retornava furioso. Assim, mal havia visto os mares, apenas de passagem na ascensão apressada ao Olimpo, e nunca os havia percorrido de verdade. Costumava dizer que aguardava o fim do mundo, pois aí sim haverá um momento de tranquilidade em que, pouco antes do fim e depois da revisão da última conta, ainda poderá fazer um breve passeio.

Die Truppenaushebung (1920)

Die Truppenaushebungen, die oft nötig sind, denn die Grenzkämpfe hören niemals auf, finden auf folgende Weise statt: Es ergeht der Auftrag, daß an einem bestimmten Tag in einem bestimmten Stadtteil alle Einwohner, Männer, Frauen, Kinder ohne Unterschied, in ihren Wohnungen bleiben müssen. Meist erst gegen Mittag erscheint am Eingang des Stadtteils, wo eine Soldatenabteilung, Fußsoldaten und Berittene, schon seit der Morgendämmerung wartet, der junge Adelige, der die Aushebung vornehmen soll. Es ist ein junger Mann, schmal, nicht groß, schwach, nachlässig angezogen, mit müden Augen, Unruhe überläuft ihn immerfort, wie einen Kranken das Frösteln. Ohne jemanden anzuschaun, macht er mit einer Peitsche, die seine ganze Ausrüstung bildet, ein Zeichen, einige Soldaten schließen sich ihm an und er betritt das erste Haus. Ein Soldat, der alle Einwohner dieses Stadtteils persönlich kennt, verliest das Verzeichnis der Hausgenossen. Gewöhnlich sind alle da, stehn schon in einer Reihe in der Stube, hängen mit den Augen an dem Adeligen, als seien sie schon Soldaten. Es kann aber auch geschehn, daß hie und da einer, immer sind das nur Männer, fehlt. Dann wird niemand eine Ausrede oder gar eine Lüge vorzubringen wagen, man schweigt, man senkt die Augen, man erträgt kaum den Druck des Befehles, gegen den man sich in diesem Haus vergangen hat, aber die stumme Gegenwart des Adeligen hält doch alle auf ihren Plätzen.

O recrutamento de tropas

Os recrutamentos de tropas, que são necessários com frequência, pois os combates nas fronteiras nunca cessam, se dão da seguinte maneira: emite-se a ordem de que, num determinado dia e numa determinada freguesia, todos os moradores, homens, mulheres e crianças, sem distinção, deverão permanecer em suas moradias. Na entrada da freguesia, um destacamento de soldados de infantaria e cavalaria já aguarda desde antes de o sol raiar. Geralmente só perto do meio-dia aparece o jovem aristocrata que deverá efetuar o recrutamento. É um rapaz franzino, de estatura mediana, frágil, vestimenta desleixada, de olhos cansados. Inquietação constante percorre seu corpo como o arrepio em um doente. Sem olhar para ninguém, acena com um relho, que configura seu único equipamento, alguns soldados o seguem, e ele adentra a primeira casa. Um soldado que conhece pessoalmente todos os moradores dessa freguesia lê em voz alta a relação dos habitantes da casa. Em geral, todos estão presentes, já enfileirados na sala, com o olhar preso no nobre, como se já fossem soldados. Também pode ocorrer, vez ou outra, de faltar um, afinal, sempre são só homens. Nesse caso, ninguém ousará apresentar uma desculpa ou mesmo uma mentira. Tudo quieto, olhos para baixo, mal se suporta a pressão da ordem que foi violada nessa casa, mas a presença calada do aristocrata prende todos nos seus lugares.

Der Adelige gibt ein Zeichen, es ist nicht einmal ein Kopfnicken, es ist nur von den Augen abzulesen und zwei Soldaten fangen den Fehlenden zu suchen an. Das gibt gar keine Mühe. Niemals ist er außerhalb des Hauses, niemals beabsichtigt er sich wirklich dem Truppendienst zu entziehn, nur aus Angst ist er nicht gekommen, aber es ist auch nicht Angst vor dem Dienst, die ihn abhält, es ist überhaupt Scheu davor, sich zu zeigen, der Befehl ist für ihn förmlich zu groß, angsterregend groß, er kann nicht aus eigener Kraft kommen. Aber deshalb flüchtet er nicht, er versteckt sich bloß, und wenn er hört, daß der Adelige im Haus ist, schleicht er sich wohl auch noch aus dem Versteck, schleicht zur Tür der Stube und wird sofort von den heraustretenden Soldaten gepackt. Er wird vor den Adeligen geführt, der die Peitsche mit beiden Händen faßt — er ist so schwach, mit einer Hand würde er gar nichts ausrichten — und den Mann prügelt. Große Schmerzen verursacht das kaum, dann läßt er halb aus Erschöpfung, halb in Widerwillen die Peitsche fallen, der Geprügelte hat sie aufzuheben und ihm zu reichen. Dann erst darf er in die Reihe der übrigen treten; es ist übrigens fast sicher, daß er nicht assentiert werden wird. Es geschieht aber auch, und dieses ist häufiger, daß mehr Leute da sind, als in dem Verzeichnis stehn. Ein fremdes Mädchen ist zum Beispiel da und blickt den Adeligen an, sie ist von auswärts, vielleicht aus der Provinz, die Truppenaushebung hat sie hergelockt, es gibt viele Frauen, die der Verlockung einer solchen fremden Aushebung — die häusliche hat eine ganz andere Bedeutung — nicht widerstehn können. Und es ist merkwürdig, es wird nichts Schimpfliches darin gesehn, wenn eine Frau dieser Verlockung nachgibt, im Gegenteil, es ist irgendetwas, das nach der Meinung mancher

O aristocrata faz um sinal, não chega nem a ser um aceno de cabeça, só pode ser lido nos seus olhos, e dois soldados começam a procurar aquele que está faltando. Isso nem dá muito trabalho. Ele nunca está fora da casa, nunca tenta de fato se omitir do serviço na tropa, só não comparece por medo, também não é medo do serviço que o faz fugir, é a vergonha de se mostrar em si, a ordem lhe parece literalmente grande demais, de dimensões estarrecedoras, de modo que não consegue comparecer por força própria. Por isso mesmo não foge, só se esconde, e, ao ouvir o aristocrata na casa, é até capaz de se esgueirar do esconderijo, indo de mansinho até a porta da sala, onde é prontamente apanhado pelos soldados à sua busca. Então é levado diante do aristocrata, que toma o relho com ambas as mãos — ele é tão fraco que simplesmente não conseguiria fazer nada com uma mão — e castiga o homem. Isso nem causa muita dor, em seguida, meio esgotado, meio enojado, ele deixa o relho cair, e o castigado haverá de recolhê-lo do chão e lhe entregar. Só então estará permitido entrar na fila com os demais. Aliás, é quase certo que não será incorporado à tropa. Também acontece, e com ainda mais frequência, de haver mais pessoas presentes do que constam na relação de moradores. Por exemplo, uma garota desconhecida está ali lançando olhares ao nobre, ela é de fora, talvez da província. O recrutamento de tropas a atraiu, há muitas mulheres que não conseguem resistir à tentação de um recrutamento alheio desses — quando ocorre na sua casa tem um significado totalmente diferente. E é curioso que não se veja nada de ultrajante quando uma mulher cede a essa tentação, pelo contrário: na opinião de alguns, é uma coisa

die Frauen durchmachen müssen, es ist eine Schuld, die sie ihrem Geschlecht abzahlen. Es verläuft auch immer gleichartig. Das Mädchen oder die Frau hört, daß irgendwo, vielleicht sehr weit, bei Verwandten oder Freunden, Aushebung ist, sie bittet ihre Angehörigen um die Bewilligung der Reise, man willigt ein, das kann man nicht verweigern, sie zieht das Beste an, was sie hat, ist fröhlicher als sonst, dabei ruhig und freundlich, gleichgültig wie sie auch sonst sein mag, und hinter aller Ruhe und Freundlichkeit unzugänglich wie etwa eine völlig Fremde, die in ihre Heimat fährt und nun an nichts anderes mehr denkt. In der Familie, wo die Aushebung stattfinden soll, wird sie ganz anders empfangen als ein gewöhnlicher Gast, alles umschmeichelt sie, alle Räume des Hauses muß sie durchgehn, aus allen Fenstern sich beugen, und legt sie jemandem die Hand auf den Kopf, ist es mehr als der Segen des Vaters. Wenn sich die Familie zur Aushebung bereitmacht, bekommt sie den besten Platz, das ist der in der Nähe der Tür, wo sie vom Adeligen am besten gesehn wird und am besten ihn sehen wird. So geehrt ist sie aber nur bis zum Eintritt des Adeligen, von da an verblüht sie förmlich. Er sieht sie ebensowenig an wie die ändern, und selbst wenn er die Augen auf jemanden richtet, fühlt sich dieser nicht angesehn. Das hat sie nicht erwartet oder vielmehr, sie hat es bestimmt erwartet, denn es kann nicht anders sein, aber es war auch nicht die Erwartung des Gegenteils, die sie hergetrieben hat, es war bloß etwas, das jetzt allerdings zu Ende ist. Scham fühlt sie in einem Maße, wie sie vielleicht unsere Frauen niemals sonst fühlen, erst jetzt merkt sie eigentlich, daß sie sich zu einer fremden Aushebung gedrängt hat,

que as mulheres precisam aguentar, é uma dívida que elas têm a pagar pelo seu sexo. Sempre acontece da mesma maneira. A garota, ou a mulher, ouve de parentes ou amigos que em algum lugar, talvez muito distante, haverá recrutamento. Pede aos seus autorização para a viagem, que é concedida, pois isso não pode ser negado, veste a melhor roupa que tem, está mais animada do que de costume, ao mesmo tempo calma e gentil, seja como for o seu jeito costumeiro, e por trás de toda calma e gentileza se mostra inatingível como uma total desconhecida que viaja para sua terra natal e não pensa em outra coisa. Na família em que o recrutamento deve acontecer, ela é recebida de maneira bem diferente de uma visita comum, todos a bajulam, ela precisa passar por todos os cômodos da casa, debruçar-se em todas as janelas, e se ela colocar a mão sobre a cabeça de alguém, o gesto vale mais que a bênção do pai. Quando a família se prepara para o recrutamento, ela recebe o melhor lugar, aquele perto da porta, onde pode ser melhor enxergada pelo nobre e pode enxergá-lo melhor. Tal honraria ela só recebe até a entrada do nobre, para, em seguida, começar a murchar a olhos vistos. Ele nem olha para ela, tampouco para os demais, e mesmo quando dirige os olhos a alguém, essa pessoa não se sente olhada. Ela não esperava por isso, ou melhor, com certeza esperava, pois não pode ser diferente, e nem era bem a expectativa do contrário que a impelia, era apenas algo que agora, na verdade, acabava. É tomada por vergonha numa dimensão que nossas mulheres em geral talvez jamais sintam. Só agora percebe de fato que se intrometeu num recrutamento alheio,

und wenn der Soldat das Verzeichnis vorgelesen hat, ihr Name nicht vorkam und einen Augenblick Stille ist, flüchtet sie zitternd und gebückt aus der Tür und bekommt noch einen Faustschlag des Soldaten in den Rücken. Ist es ein Mann, der überzählig ist, so will er nichts anderes, als eben, obwohl er nicht in dieses Haus gehört, doch mit ausgehoben werden. Auch das ist ja völlig aussichtslos, niemals ist ein solcher Überzähliger ausgehoben worden und niemals wird etwas Derartiges geschehn.

e quando o soldado terminou de ler a relação sem que seu nome aparecesse, há um instante de silêncio. Ela foge trêmula e curvada porta afora, e ainda ganha do soldado um soco nas costas. Se quem estiver sobrando for um homem, ele não quer nada além de também ser recrutado, apesar de não pertencer a essa casa. Também isso não tem chance alguma de acontecer, um tal sobressalente nunca foi recrutado e algo do tipo nunca acontecerá.

Die Abweisung (1920)

Wenn ich einem schönen Mädchen begegne und sie bitte: »Sei so gut, komm mit mir« und sie stumm vorübergeht, so meint sie damit: »Du bist kein Herzog mit fliegendem Namen, kein breiter Amerikaner mit indianischem Wuchs, mit waagrecht ruhenden Augen, mit einer von der Luft der Rasenplätze und der sie durchströmenden Flüsse massierten Haut, Du hast keine Reisen gemacht zu den großen Seen und auf ihnen, die ich weiß nicht wo zu finden sind. Also ich bitte, warum soll ich, ein schönes Mädchen, mit Dir gehn?« »Du vergißt, Dich trägt kein Automobil in langen Stößen schaukelnd durch die Gasse; ich sehe nicht die in ihre Kleider gepreßten Herren Deines Gefolges, die Segensprüche für Dich murmelnd in genauem Halbkreis hinter Dir gehn; Deine Brüste sind im Mieder gut geordnet, aber Deine Schenkel und Hüften entschädigen sich für jene Enthaltsamkeit; Du trägst ein Taffetkleid mit plissierten Falten, wie es im vorigen Herbste uns durchaus allen Freude machte, und doch lächelst Du — diese Lebensgefahr auf dem Leibe — bisweilen.« »Ja, wir haben beide recht und, um uns dessen nicht unwiderleglich bewußt zu werden, wollen wir, nicht wahr, lieber jeder allein nach Hause gehn.«

A recusa

Quando encontro uma moça bonita e lhe peço: "Faça um favor para mim, vá comigo", e ela passa por mim em silêncio, na verdade ela quer dizer: "Você não é nenhum duque de nome vistoso, nenhum americano largo de porte indígena, com olhos que repousam no horizonte, com uma pele massageada pelo ar das pradarias e pelos rios que as atravessam, não fez nenhuma viagem até os Grandes Lagos e por sobre eles, seja lá onde fiquem. Então, por favor, me diga por que eu, uma moça bonita, deveria ir com você?" "Você esquece que não está sendo levada por um automóvel balançando em lânguidos solavancos pela rua; não vejo os senhores do seu cortejo, prensados nas suas roupas, e que andam atrás de você em perfeito semicírculo com murmúrios de bênçãos a você; seus seios estão bem arranjados no espartilho, mas as suas coxas e ancas compensam essa continência; você usa um vestido de tafetá com pregas plissadas que bem fez a alegria de todos no outono passado, e mesmo assim você sorri — esse risco de vida incorporado — por vezes." "Sim, nós dois temos razão e, para não nos darmos conta disso de maneira irreversível, seria melhor — não é mesmo? — cada um ir sozinho para sua casa."

Nachts (1920)

Versunken in die Nacht. So wie man manchmal den Kopf senkt, um nachzudenken, so ganz versunken sein in die Nacht. Ringsum schlafen die Menschen. Eine kleine Schauspielerei, eine unschuldige Selbsttäuschung, daß sie in Häusern schlafen, in festen Betten, unter festem Dach, ausgestreckt oder geduckt auf Matratzen, in Tüchern, unter Decken, in Wirklichkeit haben sie sich zusammengefunden wie damals einmal und wie später in wüster Gegend, ein Lager im Freien, eine unübersehbare Zahl Menschen, ein Heer, ein Volk, unter kaltem Himmel auf kalter Erde, hingeworfen wo man früher stand, die Stirn auf den Arm gedrückt, das Gesicht gegen den Boden hin, ruhig atmend. Und du wachst, bist einer der Wächter, findest den nächsten durch Schwenken des brennenden Holzes aus dem Reisighaufen neben dir. Warum wachst du? Einer muß wachen, heißt es. Einer muß da sein.

À noite

Mergulhando noite adentro. Como alguém que, às vezes, inclina a cabeça para refletir — estar completamente mergulhado na noite. As pessoas dormindo ao redor. Uma pequena encenação, um inocente jogo de autoengano de que elas dormem em casas, em camas sólidas, debaixo de um teto sólido, esticadas ou curvadas nos colchões, em mantas, debaixo de cobertores, enquanto, na verdade, se juntaram como aquela vez e ainda depois numa área deserta, um acampamento ao ar livre, um número incontável de pessoas, um exército, um povo, debaixo do céu frio na terra fria, jogado onde antes se ficava em pé, a testa pressionada contra o braço, o rosto contra o chão, respirando calmamente. E você está em vigília, é um dos vigilantes, encontra o próximo acenando com a madeira acesa retirada de uma pilha de galhos ao seu lado. Por que você está em vigília? Um tem de ficar vigiando, dizem. Um tem de estar presente.

Zur Frage der Gesetze (1920)

Unsere Gesetze sind nicht allgemein bekannt, sie sind Geheimnis der kleinen Adelsgruppe, welche uns beherrscht. Wir sind davon überzeugt, daß diese alten Gesetze genau eingehalten werden, aber es ist doch etwas äußerst Quälendes, nach Gesetzen beherrscht zu werden, die man nicht kennt. Ich denke hierbei nicht an die verschiedenen Auslegungsmöglichkeiten und die Nachteile, die es mit sich bringt, wenn nur einzelne und nicht das ganze Volk an der Auslegung sich beteiligen dürfen. Diese Nachteile sind vielleicht gar nicht sehr groß. Die Gesetze sind ja so alt, Jahrhunderte haben an ihrer Auslegung gearbeitet, auch diese Auslegung ist wohl schon Gesetz geworden, die möglichen Freiheiten bei der Auslegung bestehen zwar immer noch, sind aber sehr eingeschränkt. Außerdem hat offenbar der Adel keinen Grund, sich bei der Auslegung von seinem persönlichen Interesse zu unseren Ungunsten beeinflussen zu lassen, denn die Gesetze sind ja von ihrem Beginne an für den Adel festgelegt worden, der Adel steht außerhalb des Gesetzes, und gerade deshalb scheint das Gesetz sich ausschließlich in die Hände des Adels gegeben zu haben. Darin liegt natürlich Weisheit — wer zweifelt die Weisheit der alten Gesetze an? —, aber eben auch Qual für uns, wahrscheinlich ist das unumgänglich.

Sobre a questão das leis

As nossas leis não são de conhecimento geral, são um segredo do pequeno grupo de nobres que nos domina. Estamos convencidos de que essas leis antigas estão sendo rigorosamente seguidas, mesmo assim é altamente perturbador ser dominado com base em leis que não se conhecem. Não penso aqui nas diferentes possibilidades de interpretação e nas desvantagens que surgem quando apenas alguns poucos, e não todo o povo, podem participar da interpretação. Essas desvantagens, de repente, nem são tão grandes. Leis, no entanto, são tão antigas, séculos trabalharam na interpretação delas, também essa interpretação parece já ter se tornado uma lei. As possíveis liberdades de interpretação ainda persistem, mas são bem restritas. Ademais, é evidente que, durante a interpretação, a nobreza não tem motivo algum em se deixar levar por seus interesses particulares, que nos são desfavoráveis, pois, desde os seus primórdios, as leis foram estabelecidas para a nobreza. A nobreza se encontra à parte da lei, e é por isso que a lei parece ter se entregado exclusivamente nas mãos da nobreza. Há claramente sabedoria naquilo — quem duvida da sabedoria das leis antigas? —, mas também um tormento para nós. Provavelmente isso é inevitável.

Übrigens können auch diese Scheingesetze eigentlich nur vermutet werden. Es ist eine Tradition, daß sie bestehen und dem Adel als Geheimnis anvertraut sind, aber mehr als alte und durch ihr Alter glaubwürdige Tradition ist es nicht und kann es nicht sein, denn der Charakter dieser Gesetze verlangt auch das Geheimhalten ihres Bestandes. Wenn wir im Volk aber seit ältesten Zeiten die Handlungen des Adels aufmerksam verfolgen, Aufschreibungen unserer Voreltern darüber besitzen, sie gewissenhaft fortgesetzt haben und in den zahllosen Tatsachen gewisse Richtlinien zu erkennen glauben, die auf diese oder jene geschichtliche Bestimmung schließen lassen, und wenn wir nach diesen sorgfältigst gesiebten und geordneten Schlußfolgerungen uns für die Gegenwart und Zukunft ein wenig einzurichten suchen — so ist das alles unsicher und vielleicht nur ein Spiel des Verstandes, denn vielleicht bestehen diese Gesetze, die wir hier zu erraten suchen, überhaupt nicht. Es gibt eine kleine Partei, die wirklich dieser Meinung ist und die nachzuweisen sucht, daß, wenn ein Gesetz besteht, es nur lauten kann: Was der Adel tut, ist Gesetz. Diese Partei sieht nur Willkürakte des Adels und verwirft die Volkstradition, die ihrer Meinung nach nur geringen zufälligen Nutzen bringt, dagegen meistens schweren Schaden, da sie dem Volk den kommenden Ereignissen gegenüber eine falsche, trügerische, zu Leichtsinn führende Sicherheit gibt. Dieser Schaden ist nicht zu leugnen, aber die bei weitem überwiegende Mehrheit unseres Volkes sieht die Ursache dessen darin, daß die Tradition noch bei weitem nicht ausreicht, daß also noch viel mehr in ihr geforscht werden muß und daß allerdings auch ihr Material, so riesenhaft es scheint, noch viel zu klein ist und daß noch Jahrhunderte vergehen müssen, ehe es genügen wird.

Por sinal, também essas aparentes leis só podem ser, na verdade, presumidas. É uma tradição que elas existam e sejam confiadas à nobreza como segredo, porém não é mais do que uma tradição antiga e plausível pela sua antiguidade — e nem pode passar disso —, pois o caráter dessas leis também demanda sigilo sobre sua existência. Quando, porém, nós, do povo, acompanhamos com atenção os feitos da nobreza, quando possuímos as anotações dos nossos ancestrais sobre o assunto, quando damos uma zelosa continuação a elas e acreditamos reconhecer nesses inúmeros fatos certas diretivas que sugerem a existência desta ou daquela destinação histórica, e quando tentamos nos organizar um pouco de acordo com tais conclusões peneiradas e alinhavadas com máxima cautela — então tudo isso está incerto e talvez seja apenas um trote da mente, pois, porventura, as leis que procuramos adivinhar aqui nem existem. Há um pequeno partido que, de fato, é dessa opinião e procura comprovar que se existe uma lei, ela só pode dizer o seguinte: o que a nobreza faz é lei. Esse partido vê apenas atos arbitrários da nobreza e descarta a tradição popular que, em seu entendimento, apenas traz pouco proveito ocasional, pelo contrário, na maioria das vezes, causa grave prejuízo, pois dota o povo de uma falsa e traiçoeira segurança perante os acontecimentos vindouros, resultando em leviandade. Esse prejuízo é inegável, mas a esmagadora maioria do nosso povo vê como causa disso o fato de a tradição estar longe de ser suficiente, daí a necessidade de ainda mais pesquisas sobre ela, e o seu material, por mais que pareça gigantesco, ainda é diminuto demais, e séculos terão de passar até que seja satisfatório.

Das für die Gegenwart Trübe dieses Ausblicks erhellt nur der Glaube, daß einmal eine Zeit kommen wird, wo die Tradition und ihre Forschung gewissermaßen aufatmend den Schlußpunkt macht, alles klar geworden ist, das Gesetz nur dem Volk gehört und der Adel verschwindet. Das wird nicht etwa mit Haß gegen den Adel gesagt, durchaus nicht und von niemandem. Eher hassen wir uns selbst, weil wir noch nicht des Gesetzes gewürdigt werden können. Und darum eigentlich ist jene in gewissem Sinn doch sehr verlockende Partei, welche an kein eigentliches Gesetz glaubt, so klein geblieben, weil auch sie den Adel und das Recht seines Bestandes vollkommen anerkennt.

Man kann es eigentlich nur in einer Art Widerspruch ausdrücken: Eine Partei, die neben dem Glauben an die Gesetze auch den Adel verwerfen würde, hätte sofort das ganze Volk hinter sich, aber eine solche Partei kann nicht entstehen, weil den Adel niemand zu verwerfen wagt. Auf dieses Messers Schneide leben wir. Ein Schriftsteller hat das einmal so zusammengefaßt: Das einzige, sichtbare, zweifellose Gesetz, das uns auferlegt ist, ist der Adel und um dieses einzige Gesetz sollten wir uns selbst bringen wollen?

O que desobscurece a desolação dessa perspectiva do momento presente é apenas a fé de que um dia chegará o tempo em que a tradição e a sua pesquisa, com um certo alívio, ponham um ponto final, em que tudo terá ficado claro, e em que a lei somente pertencerá ao povo e a nobreza desaparecerá. Isso nem se fala com raiva contra a nobreza, de forma nenhuma e por ninguém. Antes, odiamos uns aos outros porque ainda não podemos ser agraciados com a lei. E é por isso que esse partido, de certo modo muito sedutor e cético quanto à existência de alguma lei de fato, ficou tão pequeno, porque também ele reconhece por completo a nobreza e o direito da sua existência.

Isso só pode ser expresso com um tipo de contradição: um partido que além da fé em leis ainda rejeitasse a nobreza teria de imediato o povo inteiro a seu favor, mas um partido assim não pode se compor porque ninguém ousa rejeitar a nobreza. Vivemos no fio dessa navalha. Certa vez, um escritor resumiu isso da seguinte maneira: a única, visível e indubitável lei imposta a nós é a nobreza — e nós mesmos deveríamos nos privar dessa única lei?

Der große Schwimmer (Fragment) (1920)

»Der große Schwimmer! Der große Schwimmer!« riefen die Leute. Ich kam von der Olympiade in X, wo ich einen Weltrekord im Schwimmen erkämpft hatte. Ich stand auf der Freitreppe des Bahnhofes meiner Heimatstadt — wo ist sie? — und blickte auf die in der Abenddämmerung undeutliche Menge. Ein Mädchen, dem ich flüchtig über die Wange strich, hängte mir flink eine Schärpe um, auf der in einer fremden Sprache stand; Dem olympischen Sieger. Ein Automobil fuhr vor, einige Herren drängten mich hinein, zwei Herren fuhren auch mit, der Bürgermeister und noch jemand. Gleich waren wir in einem Festsaal, von der Galerie herab sang ein Chor als ich eintrat, alle Gäste, es waren Hunderte, erhoben sich und riefen im Takt einen Sprach, den ich nicht genau verstand. Links von mir saß ein Minister, ich weiß nicht, warum mich das Wort bei der Vorstellung so erschreckte, ich maß ihn wild mit den Blicken, besann mich aber bald, rechts saß die Frau des Bürgermeisters, eine üppige Dame, alles an ihr, besonders in der Höhe der Brüste, erschien mir voll Rosen und Straußfedern. Mir gegenüber saß ein dicker Mann mit auffallend weißem Gesicht, seinen Namen hatte ich bei der Vorstellung überhört, er hatte die Ellbogen auf den Tisch gelegt — es war ihm besonders viel Platz gemacht worden —

O grande nadador
(fragmento)

"O grande nadador! O grande nadador!", gritava o povo. Vim das Olimpíadas de X, onde havia conquistado um recorde mundial de natação. Estava na escadaria da entrada da estação ferroviária da minha cidade natal — onde está ela? — e olhava para a multidão difusa no crepúsculo. Acariciei de leve o rosto de uma menina, e ela, com agilidade, me condecorou com uma faixa dizendo numa língua estrangeira: "Ao campeão olímpico." Um automóvel parou em frente, uns senhores me empurraram para dentro, dois senhores foram comigo — o prefeito e mais alguém. Logo estávamos num salão de baile, da galeria vinha o canto de um coral quando entrei. Todos os convidados, havia algumas centenas, se levantaram e entoaram em coro um dito que não entendi muito bem. À minha esquerda, um ministro estava sentado, não sei por que aquela palavra me assustou tanto durante a apresentação, eu o medi com olhares agitados, mas logo me contive. À direita, estava sentada a esposa do prefeito, uma mulher exuberante, tudo nela, especialmente na altura dos seios, me parecia cheio de rosas e penas de avestruz. Sentado à minha frente, um homem gordo de rosto extraordinariamente branco, não escutei seu nome quando me foi apresentado, com os cotovelos deitados sobre a mesa — haviam aberto um espaço extraordinário para ele —,

sah vor sich hin und schwieg, rechts und links von ihm saßen zwei schöne blonde Mädchen, lustig waren sie, immerfort hatten sie etwas zu erzählen und ich sah von einer zur andern. Weiterhin konnte ich trotz der reichen Beleuchtung die Gäste nicht scharf erkennen, vielleicht weil alles in Bewegung war, die Diener umherliefen, die Speisen gereicht, die Gläser gehoben wurden, vielleicht war alles sogar allzusehr beleuchtet. Auch war eine gewisse Unordnung — die einzige übrigens — die darin bestand, daß einige Gäste, besonders Damen, mit dem Rücken zum Tisch gekehrt saßen, und zwar so, daß nicht etwa die Rückenlehne des Sessels dazwischen war, sondern der Rücken den Tisch fast berührte. Ich machte die Mädchen mir gegenüber darauf aufmerksam, aber während sie sonst so gesprächig waren, sagten sie diesmal nichts, sondern lächelten mich nur mit langen Blicken an. Auf ein Glockenzeichen — die Diener erstarrten zwischen den Sitzreihen — erhob sich der Dicke gegenüber und hielt eine Rede. Warum nur der Mann so traurig war! Während der Rede betupfte er mit dem Taschentuch das Gesicht; das wäre ja hingegangen; bei seiner Dicke, der Hitze im Saal, der Anstrengung des Redens wäre das verständlich gewesen, aber ich merkte deutlich, daß das Ganze nur eine List war, die verbergen sollte, daß er sich die Tränen aus den Augen wischte. Dabei blickte er immerfort mich an, aber so als sähe er nicht mich, sondern mein offenes Grab. Nachdem er geendet hatte, stand natürlich ich auf und hielt auch eine Rede.

olhava fixo à sua frente sem falar; havia duas moças bonitas e loiras sentadas à direita e à esquerda dele, eram divertidas, o tempo todo tinham algo para contar, e eu revezava o olhar de uma para a outra. Além disso, apesar da iluminação abundante, não conseguia distinguir bem os convidados, talvez por tudo estar em movimento, os serviçais correndo para lá e para cá, a comida sendo servida, os copos erguidos, talvez tudo estivesse até mesmo exageradamente iluminado. Também havia uma certa desordem — a única, aliás — que consistia no fato de alguns convidados, em especial as damas, estarem sentadas com as costas viradas para a mesa, porém sem que o encosto da cadeira estivesse no meio, e sim com as costas quase tocando a mesa. Chamei a atenção das moças à minha frente para esse fato, mas, apesar de elas normalmente serem muito conversadoras, nada disseram desta vez, limitando-se a sorrir para mim com longos olhares. Ao toque de um sino — os serviçais congelaram entre as fileiras de cadeiras —, o gordo à minha frente se levantou e fez um discurso. Mas por que esse homem estava tão triste? Ao longo do discurso secava o rosto com toques rápidos de um lenço, isso ainda seria aceitável, devido à sua corpulência, ao calor no salão, ao esforço de falar isso teria sido compreensível, mas percebi claramente que tudo isso não passava de um disfarce para ocultar que limpava as lágrimas dos olhos. Nisso não parou de me olhar um momento, de maneira que parecia enxergar não a mim, mas a minha cova aberta.[1] Depois que encerrou, é claro que eu me levantei e também fiz um discurso.

---

1. Frase posteriormente riscada no manuscrito original. [N.T.]

Es drängte mich geradezu zu sprechen, denn manches schien mir hier und wahrscheinlich auch anderswo der öffentlichen und offenen Aufklärung bedürftig, darum begann ich:

Geehrte Festgäste! Ich habe zugegebenermaßen einen Weltrekord, wenn Sie mich aber fragen würden, wie ich ihn erreicht habe, könnte ich Ihnen nicht befriedigend antworten. Eigentlich kann ich nämlich gar nicht schwimmen. Seit jeher wollte ich es lernen, aber es hat sich keine Gelegenheit dazu gefunden. Wie kam es nun aber, daß ich von meinem Vaterland zur Olympiade geschickt wurde? Das ist eben auch die Frage, die mich beschäftigt. Zunächst muß ich feststellen, daß ich hier nicht in meinem Vaterland bin und trotz großer Anstrengung kein Wort von dem verstehe, was hier gesprochen wird. Das Naheliegendste wäre nun, an eine Verwechslung zu glauben, es liegt aber keine Verwechslung vor, ich habe den Rekord, bin in meine Heimat gefahren, heiße so wie Sie mich nennen, bis dahin stimmt alles, von da ab aber stimmt nichts mehr, ich bin nicht in meiner Heimat, ich kenne und verstehe Sie nicht. Nun aber noch etwas, was nicht genau, aber doch irgendwie der Möglichkeit einer Verwechslung widerspricht: es stört mich nicht sehr, daß ich Sie nicht verstehe, und auch Sie scheint es nicht sehr zu stören, daß Sie mich nicht verstehen. Von der Rede meines geehrten Herrn Vorredners glaube ich nur zu wissen, daß sie trostlos traurig war, aber dieses Wissen genügt mir nicht nur, es ist mir sogar noch zuviel. Und ähnlich verhält es sich mit allen Gesprächen, die ich seit meiner Ankunft hier geführt habe. Doch kehren wir zu meinem Weltrekord zurück.

Sentia uma verdadeira urgência de falar, pois me parecia que aqui, e provavelmente também em outros lugares, certas coisas careciam de esclarecimento público e aberto, e assim comecei: "Ilustres convidados! Admito que detenho um recorde mundial, mas, se me perguntarem como o alcancei, não poderia responder-lhes de maneira satisfatória. Na verdade, acontece que nem sei nadar. Sempre quis aprender, mas nunca surgiu oportunidade para tanto. Então como aconteceu de eu ter sido enviado pela minha pátria às Olimpíadas? É justamente dessa pergunta que eu também me ocupo. Primeiro, devo constatar que aqui não estou na minha pátria e, apesar de grande esforço, não entendo palavra alguma do que é falado aqui. O mais plausível seria crer que tudo é um grande equívoco, porém não há nenhum equívoco, eu detenho o recorde, viajei para minha terra natal, tenho o nome pelo qual me chamam, e até aí tudo confere, mas depois disso nada mais confere, não estou na minha terra natal, não conheço os senhores e não os compreendo. Agora, tem outra coisa que, ainda que não exatamente, de alguma maneira contradiz, sim, a possibilidade de um equívoco: não me incomoda muito o fato de eu não os compreender, e também não parece incomodar-lhes muito o fato de os senhores não me compreenderem. Do discurso do prezado orador que me precedeu creio saber apenas que foi de uma tristeza inconsolável, e saber disso não apenas me basta, como chega até mesmo a ser demais para mim. E algo semelhante se passa com todas as conversas que tive desde a minha chegada aqui. Mas voltemos ao meu recorde mundial...

Die Gemeinschaft (1920)

Wir sind fünf Freunde, wir sind einmal hintereinander aus einem Haus gekommen, zuerst kam der eine und stellte sich neben das Tor, dann kam oder vielmehr glitt so leicht, wie ein Quecksilberkügelchen gleitet, der zweite aus dem Tor und stellte sich unweit vom ersten auf, dann der dritte, dann der vierte, dann der fünfte. Schließlich standen wir alle in einer Reihe. Die Leute wurden auf uns aufmerksam, zeigten auf uns und sagten: Die fünf sind jetzt aus diesem Haus gekommen. Seitdem leben wir zusammen, es wäre ein friedliches Leben, wenn sich nicht immerfort ein sechster einmischen würde. Er tut uns nichts, aber er ist uns lästig, das ist genug getan; warum drängt er sich ein, wo man ihn nicht haben will. Wir kennen ihn nicht und wollen ihn nicht bei uns aufnehmen. Wir fünf haben zwar früher einander auch nicht gekannt, und wenn man will, kennen wir einander auch jetzt nicht, aber was bei uns fünf möglich ist und geduldet wird, ist bei jenem sechsten nicht möglich und wird nicht geduldet. Außerdem sind wir fünf und wir wollen nicht sechs sein. Und was soll überhaupt dieses fortwährende Beisammensein für einen Sinn haben, auch bei uns fünf hat es keinen Sinn, aber nun sind wir schon beisammen und bleiben es, aber eine neue Vereinigung wollen wir nicht, eben auf Grund unserer Erfahrungen. Wie soll man aber das alles dem sechsten beibringen, lange Erklärungen würden schon fast eine Aufnahme in unsern Kreis bedeuten,

A comunidade

Somos cinco amigos. Saímos certa vez de uma casa, um após o outro, primeiro veio um e ficou ao lado do portão. Depois o segundo saiu, ou melhor, deslizou — tão facilmente quanto uma gota de mercúrio desliza — pelo portão afora e se manteve não muito longe do primeiro. Depois o terceiro, depois o quarto, depois o quinto. Afinal, estávamos todos enfileirados. As pessoas começaram a reparar em nós, apontavam para nós e diziam: esses cinco acabaram de sair desta casa. Vivemos juntos desde então. Seria uma vida pacífica se não houvesse o tempo inteiro um sexto tentando se intrometer. Não nos agride, mas é um incômodo para nós, isso já basta; por que se intromete onde não é bem-vindo? Não o conhecemos e não queremos acolhê-lo. Nós cinco também não nos conhecíamos antes, e, se quiser, tampouco nos conhecemos agora, mas o que é possível e tolerado entre nós cinco não é possível com o sexto e não será tolerado. Além disso, somos cinco e não queremos ser seis. E qual seria o sentido dessa convivência constante, mesmo entre nós cinco já não faz sentido, mas agora já estamos juntos e assim ficaremos, porém não queremos uma nova associação, justamente por causa das nossas experiências. No entanto, como se pode incutir tudo isso no sexto? Longas explicações quase já significariam a sua aceitação em nosso círculo,

wir erklären lieber nichts und nehmen ihn nicht auf. Mag er noch so sehr die Lippen aufwerfen, wir stoßen ihn mit dem Ellbogen weg, aber mögen wir ihn noch so sehr wegstoßen, er kommt wieder.

preferimos não explicar nada e não o acolher. Não importa o bico que fizer, nós o empurramos para longe a cotoveladas, mas, independente da rispidez com que o afastemos, ele retorna.

Die Prüfung (1920)

Ich bin ein Diener, aber es ist keine Arbeit für mich da. Ich bin ängstlich und dränge mich nicht vor, ja ich dränge mich nicht einmal in eine Reihe mit den andern, aber das ist nur die eine Ursache meines Nichtbeschäftigtseins, es ist auch möglich, dass es mit meinem Nichtbeschäftigtsein überhaupt nichts zu tun hat, die Hauptsache ist jedenfalls, dass ich nicht zum Dienst gerufen werde, andere sind gerufen worden und haben sich nicht mehr darum beworben als ich, ja haben vielleicht nicht einmal den Wunsch gehabt, gerufen zu werden, während ich ihn wenigstens manchmal sehr stark habe.

So liege ich also auf der Pritsche in der Gesindestube, schaue zu den Balken auf der Decke hinauf, schlafe ein, wache auf und schlafe schon wieder ein. Manchmal gehe ich hinüber ins Wirtshaus, wo ein saures Bier ausgeschenkt wird, manchmal habe ich schon vor Widerwillen ein Glas davon ausgeschüttet, dann aber trinke ich es wieder. Ich sitze gern dort, weil ich hinter dem geschlossenen kleinen Fenster, ohne von irgendjemandem entdeckt werden zu können, zu den Fenstern unseres Hauses hinübersehen kann. Man sieht ja dort nicht viel, hier gegen die Straße zu liegen, glaube ich, nur die Fenster der Korridore und überdies nicht jener Korridore, die zu den Wohnungen der Herrschaft führen. Es ist möglich, dass ich mich aber auch irre, irgendjemand hat es einmal, ohne dass ich ihn gefragt hätte,

A prova

Eu sou um serviçal, mas para mim não há trabalho algum. Sou medroso e não me coloco à frente, eu nem mesmo me coloco na mesma fileira com os outros, mas esse é apenas um dos motivos para a minha ociosidade, até pode ser que isso não tenha nada a ver com a minha ociosidade, o mais importante, contudo, é que não sou chamado para o serviço. Outros foram chamados e não se empenharam mais do que eu para tanto, ou talvez nem desejaram ser chamados enquanto eu, pelo menos de vez em quando, sinto esse desejo com muita força.

Então estou deitado no catre do alojamento da criadagem, ergo os olhos para as vigas no teto, adormeço, acordo e adormeço de novo. Às vezes vou para a estalagem em frente, onde servem uma cerveja azeda, já aconteceu algumas vezes de eu descartar um copo inteiro dela de tanta repulsa, mas depois volto a tomá-la. Gosto de sentar lá, pois detrás da pequena janela fechada consigo olhar para as janelas da nossa casa à frente sem poder ser descoberto por alguém. Na verdade, não se enxerga muito dali. Acredito que apenas as janelas dos corredores dão para a rua, e ainda por cima não daqueles corredores que levam às moradias dos patrões. É bem possível, porém, que eu esteja enganado, alguém afirmou isso uma vez sem eu ter perguntado,

behauptet und der allgemeine Eindruck dieser Hausfront bestätigt das. Selten nur werden die Fenster geöffnet, und wenn es geschieht, tut es ein Diener und lehnt sich dann wohl auch an die Brüstung, um ein Weilchen hinunterzusehn. Es sind also Korridore, wo er nicht überrascht werden kann. Übrigens kenne ich diese Diener nicht, die ständig oben beschäftigten Diener schlafen anderswo, nicht in meiner Stube.

Einmal, als ich ins Wirtshaus kam, saß auf meinem Beobachtungsplatz schon ein Gast. Ich wagte nicht genau hinzusehn und wollte mich gleich in der Tür wieder umdrehn und weggehn. Aber der Gast rief mich zu sich, und es zeigte sich, dass er auch ein Diener war, den ich schon einmal irgendwo gesehn hatte, ohne aber bisher mit ihm gesprochen zu haben.

»Warum willst du fortlaufen? Setz dich her und trink! Ich zahl's.« So setzte ich mich also. Er fragte mich einiges, aber ich konnte es nicht beantworten, ja ich verstand nicht einmal die Fragen. Ich sagte deshalb: »Vielleicht reut es dich jetzt, dass du mich eingeladen hast, dann gehe ich«, und ich wollte schon aufstehn. Aber er langte mit seiner Hand über den Tisch herüber und drückte mich nieder: »Bleib«, sagte er, »das war ja nur eine Prüfung. Wer die Fragen nicht beantwortet, hat die Prüfung bestanden.«

e a impressão geral dessa fachada confirma isso. Apenas raras vezes abrem-se as janelas e, quando acontece, é um serviçal que o faz e então, decerto, se debruça no parapeito para olhar um tempinho para a rua. Trata-se, então, de corredores nos quais ele não pode ser surpreendido. Aliás, não conheço esses serviçais, os serviçais que atendem sempre nos andares superiores dormem em outro lugar, não no meu alojamento.

Certa vez quando cheguei à estalagem, já estava sentado no meu lugar de observação um freguês. Não tive coragem de olhar direito e quis virar as costas ainda na porta e ir embora. Mas o freguês me chamou e ficou claro que ele também era um serviçal que eu já tinha visto uma vez em algum lugar sem, no entanto, ter falado com ele até então.

"Por que quer fugir? Sente-se e beba! Eu estou pagando." Sentei-me, então. Ele perguntou várias coisas, mas eu não soube responder, na verdade nem entendi as perguntas. Por isso eu disse: "Talvez agora esteja arrependido de ter me convidado, então vou-me embora", e já ia me levantar. Mas ele estendeu seu braço para o meu lado da mesa e me forçou de volta ao meu lugar: "Fica", falou, "isso foi apenas uma prova. Quem não responde às perguntas, é aprovado."

Der Geier (1920)

Es war ein Geier, der hackte in meine Füße. Stiefel und Strümpfe hatte er schon aufgerissen, nun hackte er schon in die Füße selbst. Immer schlug er zu, flog dann unruhig mehrmals um mich und setzte dann die Arbeit fort. Es kam ein Herr vorüber, sah ein Weilchen zu und fragte dann, warum ich den Geier dulde. »Ich bin ja wehrlos«, sagte ich, »er kam und fing zu hacken an, da wollte ich ihn natürlich wegtreiben, versuchte ihn sogar zu würgen, aber ein solches Tier hat große Kräfte, auch wollte er mir schon ins Gesicht springen, da opferte ich lieber die Füße. Nun sind sie schon fast zerrissen.« »Daß Sie sich so quälen lassen«, sagte der Herr, »ein Schuß und der Geier ist erledigt.« »Ist das so?« fragte ich, »und wollen Sie das besorgen?« »Gern«, sagte der Herr, »ich muß nur nach Hause gehn und mein Gewehr holen. Können Sie noch eine halbe Stunde warten?« »Das weiß ich nicht«, sagte ich und stand eine Weile starr vor Schmerz, dann sagte ich: »Bitte, versuchen Sie es für jeden Fall.« »Gut«, sagte der Herr, »ich werde mich beeilen.« Der Geier hatte während des Gespräches ruhig zugehört und die Blicke zwischen mir und dem Herrn wandern lassen. Jetzt sah ich, daß er alles verstanden hatte, er flog auf, weit beugte er sich zurück, um genug Schwung zu bekommen und stieß dann wie ein Speerwerfer den Schnabel durch meinen Mund tief in mich.

O abutre

Era um abutre, golpeando meus pés com seu bico afiado. Já havia rasgado as botas e meias, agora já golpeava os pés em si. Seguia com seus golpes incessantes, esvoaçava irrequieto algumas vezes ao meu redor, depois retomava o trabalho. Passou um senhor, observou a cena por uns instantes, e então indagou por que eu aturava o abutre. "Não vê que estou indefeso?", eu disse, "ele chegou e se pôs a me golpear, naturalmente tentei afastá-lo, tentei até estrangulá-lo, mas tal animal possui grandes forças, também já tentou saltar ao meu rosto, nisso preferi sacrificar os pés. Agora já estão quase dilacerados." "Como admite ser atormentado a esse ponto?", disse o senhor, "um tiro, e o abutre estará acabado." "Procede isso?", perguntei, "e o senhor se encarregaria disso?" "Pois não", disse o senhor, "só preciso passar em casa e buscar minha espingarda. O senhor consegue esperar meia hora ainda?" "Não sei dizer", respondi e permaneci paralisado por um tempo de tanta dor, então falei: "Por favor, tente de qualquer forma." "Está bem", disse o senhor, "voltarei o mais rápido possível." Durante a conversa, o abutre havia escutado calmamente, o olhar vagando entre mim e o senhor. Agora vi que ele entendera tudo, levantou voo, reclinou o necessário para conseguir um grande embalo e então arremessou, igual a um lançador de dardo, o seu bico pela minha boca até o fundo das minhas entranhas.

Zurückfallend fühlte ich befreit, wie er in meinem alle Tiefen füllenden, alle Ufer überfließenden Blut unrettbar ertrank.

Caindo para trás, veio-me o sentimento libertador de que no meu sangue, que preenche todas as profundezas, que transborda todas as margens, o abutre se afogou sem salvação.

Der Kreisel (1920)

Ein Philosoph trieb sich immer dort herum, wo Kinder spielten. Und sah er einen Jungen, der einen Kreisel hatte, so lauerte er schon. Kaum war der Kreisel in Drehung, verfolgte ihn der Philosoph, um ihn zu fangen. Dass die Kinder lärmten und ihn von ihrem Spielzeug abzuhalten suchten, kümmerte ihn nicht, hatte er den Kreisel, solange er sich noch drehte, gefangen, war er glücklich, aber nur einen Augenblick, dann warf er ihn zu Boden und ging fort. Er glaubte nämlich, die Erkenntnis jeder Kleinigkeit, also zum Beispiel auch eines sich drehenden Kreisels, genüge zur Erkenntnis des Allgemeinen. Darum beschäftigte er sich nicht mit den großen Problemen, das schien ihm unökonomisch. War die kleinste Kleinigkeit wirklich erkannt, dann war alles erkannt, deshalb beschäftigte er sich nur mit dem sich drehenden Kreisel. Und immer wenn die Vorbereitungen zum Drehen des Kreisels gemacht wurden, hatte er Hoffnung, nun werde es gelingen, und drehte sich der Kreisel, wurde ihm im atemlosen Laufen nach ihm die Hoffnung zur Gewissheit, hielt er aber dann das dumme Holzstück in der Hand, wurde ihm übel und das Geschrei der Kinder, das er bisher nicht gehört hatte und das ihm jetzt plötzlich in die Ohren fuhr, jagte ihn fort, er taumelte wie ein Kreisel unter einer ungeschickten Peitsche.

O pião

Um filósofo costumava ficar às voltas onde havia crianças brincando. Assim que enxergava um menino com um pião, logo se punha em alerta. Mal o pião começava a girar, o filósofo o perseguia para apanhá-lo. A gritaria das crianças não o impedia, nem a tentativa de afastá-lo do brinquedo delas. Depois de ter apanhado o pião, enquanto este ainda girava, sentia-se feliz, mas apenas por um instante, e logo em seguida o atirava no chão e ia embora. A questão era que ele acreditava que a compreensão de um detalhe qualquer, por exemplo de um pião girando, bastaria para a compreensão do todo. Por isso não se ocupava dos grandes problemas — isso não lhe parecia econômico. Se o detalhe mais ínfimo fosse compreendido, tudo estaria compreendido, por isso ele só se ocupava do pião girando. E toda vez que eram feitos os preparativos para fazer girar o pião, tinha esperança de que finalmente teria êxito, e com o pião a girar, na corrida ofegante atrás dele, a esperança se transformava em certeza. Porém, ao segurar o estúpido pedaço de madeira nas mãos, ficava com náusea, e a gritaria das crianças, que ele até então não tinha percebido e que agora de repente lhe invadia os ouvidos, o afugentava de lá, cambaleante como um pião sob um chicote desajeitado.

Das Stadtwappen (1920)

Anfangs war beim babylonischen Turmbau alles in leidlicher Ordnung; ja, die Ordnung war vielleicht zu groß, man dachte zu sehr an Wegweiser, Dolmetscher, Arbeiterunterkünfte und Verbindungswege, so als habe man Jahrhunderte freier Arbeitsmöglichkeit vor sich. Die damals herrschende Meinung ging sogar dahin, man könne gar nicht langsam genug bauen; man mußte diese Meinung gar nicht sehr übertreiben und konnte überhaupt davor zurückschrecken, die Fundamente zu legen. Man argumentierte nämlich so: Das Wesentliche des ganzen Unternehmens ist der Gedanke, einen bis in den Himmel reichenden Turm zu bauen. Neben diesem Gedanken ist alles andere nebensächlich. Der Gedanke, einmal in seiner Größe gefaßt, kann nicht mehr verschwinden; solange es Menschen gibt, wird auch der starke Wunsch da sein, den Turm zu Ende zu bauen. In dieser Hinsicht aber muß man wegen der Zukunft keine Sorgen haben, im Gegenteil, das Wissen der Menschheit steigert sich, die Baukunst hat Fortschritte gemacht und wird weitere Fortschritte machen, eine Arbeit, zu der wir ein Jahr brauchen, wird in hundert Jahren vielleicht in einem halben Jahr geleistet werden und überdies besser, haltbarer. Warum also schon heute sich an die Grenze der Kräfte abmühen? Das hätte nur dann Sinn, wenn man hoffen könnte, den Turm in der Zeit einer Generation aufzubauen. Das aber war auf keine Weise zu erwarten.

O brasão da cidade

De início, tudo na construção da Torre de Babel se encontrava numa ordem aceitável; até pode ser que a ordem tenha sido excessiva, pensava-se demais em setas indicadoras, intérpretes, alojamentos de operários e caminhos de conexão, como se houvesse pela frente séculos de ilimitadas possibilidades de se trabalhar. A opinião predominante na época chegava a afirmar que não se podia construir com lentidão suficiente; não era preciso exagerar muito nessa opinião para que se hesitasse até mesmo em lançar os fundamentos. A saber, havia a seguinte argumentação: a essência desse empreendimento todo é o pensamento de construir uma torre que alcançasse o céu. Frente a esse pensamento, todo o resto é secundário. O pensamento, uma vez captado em sua grandeza, não pode mais desaparecer; enquanto houver seres humanos, haverá também o forte desejo de finalizar a construção da torre. A esse respeito, porém, não há necessidade de se preocupar com o futuro; pelo contrário, o conhecimento da humanidade está aumentando, a arte da construção progrediu e continuará progredindo, uma obra que hoje nos toma um ano para ser concluída talvez venha a ser realizada, daqui a um século, em meio ano, e além disso, melhor, mais durável. Então, por que se exaurir ao limite das forças já hoje? Isso só faria sentido caso se pudesse ter a esperança de construir a torre no tempo de uma geração. Mas isso não era de se esperar de forma alguma.

Eher ließ sich denken, daß die nächste Generation mit ihrem vervollkommneten Wissen die Arbeit der vorigen Generation schlecht finden und das Gebaute niederreißen werde, um von neuem anzufangen. Solche Gedanken lahmten die Kräfte, und mehr als um den Turmbau kümmerte man sich um den Bau der Arbeiterstadt. Jede Landsmannschaft wollte das schönste Quartier haben, dadurch ergaben sich Streitigkeiten, die sich bis zu blutigen Kämpfen steigerten. Diese Kämpfe hörten nicht mehr auf; den Führern waren sie ein neues Argument dafür, daß der Turm auch mangels der nötigen Konzentration sehr langsam oder lieber erst nach allgemeinem Friedensschluß gebaut werden sollte. Doch verbrachte man die Zeit nicht nur mit Kämpfen, in den Pausen verschönerte man die Stadt, wodurch man allerdings neuen Neid und neue Kämpfe hervorrief. So verging die Zeit der ersten Generation, aber keine der folgenden war anders, nur die Kunstfertigkeit steigerte sich immerfort und damit die Kampfsucht. Dazu kam, daß schon die zweite oder dritte Generation die Sinnlosigkeit des Himmelsturmbaues erkannte, doch war man schon viel zu sehr miteinander verbunden, um die Stadt zu verlassen.

Alles was in dieser Stadt an Sagen und Liedern entstanden ist, ist erfüllt von der Sehnsucht nach einem prophezeiten Tag, an welchem die Stadt von einer Riesenfaust in fünf kurz aufeinanderfolgenden Schlägen zerschmettert werden wird. Deshalb hat auch die Stadt die Faust im Wappen.

Era mais provável pensar que a próxima geração, com seu conhecimento aperfeiçoado, reprovasse o trabalho da geração anterior e demolisse o que foi construído para começar de novo. Tais pensamentos paralisavam as forças, e mais atenção era dada à construção da vila operária do que à construção da torre. Cada nacionalidade queria ter o alojamento mais bonito, o que resultou em disputas crescentes que culminaram em lutas sangrentas. Essas lutas nunca mais pararam; para os dirigentes, eram um novo argumento para que a torre fosse construída de maneira bastante vagarosa, ou melhor, apenas após um acordo geral de paz, também por falta da concentração necessária. Mas o tempo foi gasto não só com lutas, nos intervalos a cidade foi embelezada, o que, no entanto, despertou nova inveja e novas lutas. Assim passou o tempo da primeira geração, mas nenhuma das seguintes foi diferente, apenas a habilidade aumentou de forma incessante, e, com ela, a belicosidade. Ademais, ocorreu que já a segunda ou a terceira geração percebia a falta de sentido em construir a torre aos céus, porém as partes já estavam demasiado atreladas entre si para abandonar a cidade.

Todas as lendas e canções que surgiram nesta cidade estão repletas do anseio pelo dia profetizado em que a cidade será despedaçada por um punho gigantesco em cinco golpes de rápida sucessão. Também é por isso que a cidade tem o punho em seu brasão.

Der Steuermann (1920)

»Bin ich nicht Steuermann?« rief ich. »Du?« fragte ein dunkler hoch gewachsener Mann und strich sich mit der Hand über die Augen, als verscheuche er einen Traum. Ich war am Steuer gestanden in der dunklen Nacht, die schwachbrennende Laterne über meinem Kopf, und nun war dieser Mann gekommen und wollte mich beiseiteschieben. Und da ich nicht wich, setzte er mir den Fuß auf die Brust und trat mich langsam nieder, während ich noch immer an den Stäben des Steuerrades hing und beim Niederfallen es ganz herumriss. Da aber fasste es der Mann, brachte es in Ordnung, mich aber stieß er weg. Doch ich besann mich bald, lief zu der Luke, die in den Mannschaftsraum führte und rief: »Mannschaft! Kameraden! Kommt schnell! Ein Fremder hat mich vom Steuer vertrieben!« Langsam kamen sie, stiegen auf aus der Schiffstreppe, schwankende müde mächtige Gestalten. »Bin ich der Steuermann?« fragte ich. Sie nickten, aber Blicke hatten sie nur für den Fremden, im Halbkreis standen sie um ihn herum und als er befehlend sagte: »Stört mich nicht«, sammelten sie sich, nickten mir zu und zogen wieder die Schiffstreppe hinab. Was ist das für Volk! Denken sie auch oder schlurfen sie nur sinnlos über die Erde?

O timoneiro

"Não sou um timoneiro?", gritei. "Você?" — um homem escuro e alto perguntou e passou a mão pelos olhos como se quisesse espantar um fantasma. Eu segurava o timão naquela noite escura, a lanterna de luz fraca acima da minha cabeça, quando aquele homem veio e quis me afastar. Como não me rendi, ele pôs o pé no meu peito e me pisou lentamente até o chão, enquanto eu, ainda me segurando nos raios do timão, o virei por completo ao cair. Mas o homem tomou o timão, o endireitou, enquanto me empurrava para o lado. Mesmo assim logo me restabeleci, corri para a escotilha que dava para o compartimento da tripulação e chamei: "Tripulação! Camaradas! Venham logo! Um estranho me tirou do timão!" Eles vieram aos poucos, surgiram da escadaria do barco, silhuetas cambaleantes, cansadas, potentes. "Sou eu o timoneiro?", perguntei. Eles fizeram que sim com a cabeça, mas só tinham olhares para o estranho, fizeram um meio círculo em volta dele e quando ele disse em tom de comando: "Não me incomodem", reuniram-se, acenaram com a cabeça para mim e desceram de volta pela escadaria do barco. Que povo é esse! Será que eles pensam ou apenas se arrastam sem sentido pela terra?

Kleine Fabel (1920)

"Ach", sagte die Maus, "die Welt wird enger mit jedem Tag. Zuerst war sie so breit, daß ich Angst hatte, ich lief weiter und war glücklich, daß ich endlich rechts und links in der Ferne Mauern sah, aber diese langen Mauern eilen so schnell aufeinander zu, daß ich schon im letzten Zimmer bin, und dort, im Winkel, steht die Falle, in die ich laufe." — "Du mußt nur die Laufrichtung ändern", sagte die Katze und fraß sie.

Pequena fábula

"Ai", disse o rato, "o mundo está ficando mais estreito a cada dia. No início era tão amplo que tive medo, segui correndo e fiquei feliz por, finalmente, ver ao longe muros à direita e à esquerda, mas esses muros extensos estão se precipitando tão rapidamente um em direção ao outro que já estou no último cômodo, e lá, no cantinho, está a armadilha para a qual estou correndo." "Basta mudar o rumo da corrida", disse o gato e o comeu.

Der Aufbruch (1922)

Ich befahl mein Pferd aus dem Stall zu holen. Der Diener verstand mich nicht. Ich ging selbst in den Stall, sattelte mein Pferd und bestieg es. In der Ferne hörte ich eine Trompete blasen, ich fragte ihn, was das bedeutete. Er wusste nichts und hatte nichts gehört. Beim Tore hielt er mich auf und fragte: »Wohin reitest du, Herr?« »Ich weiß es nicht«, sagte ich, »nur weg von hier, nur weg von hier. Immerfort weg von hier, nur so kann ich mein Ziel erreichen.« »Du kennst also dein Ziel«, fragte er. »Ja«, antwortete ich, »ich sagte es doch: ›Weg-von-hier‹ — das ist mein Ziel.« »Du hast keinen Eßvorrat mit«, sagte er. »Ich brauche keinen«, sagte ich, »die Reise ist so lang, daß ich verhungern muß, wenn ich auf dem Weg nichts bekomme. Kein Eßvorrat kann mich retten. Es ist ja zum Glück eine wahrhaft ungeheure Reise.«

A partida

Dei ordem para que buscassem meu cavalo do estábulo. O serviçal não me entendeu. Fui pessoalmente ao estábulo, selei meu cavalo e o montei. À distância, ouvi uma trombeta tocar, perguntei ao serviçal o que isso significava. Ele não sabia de nada e não ouvira nada. No portão, ele me parou e perguntou: "Para onde está cavalgando, senhor?" "Não sei", eu disse, "apenas fora daqui, apenas fora daqui. Sempre longe daqui, essa é a única maneira de alcançar minha destinação." "Então conhece sua destinação?", perguntou ele. "Sim", respondi, "já disse que era: 'Fora daqui' — essa é a minha destinação." "Não está levando mantimentos", disse ele. "Não preciso deles", respondi, "a viagem é tão longa que terei de morrer de fome se não conseguir nada no caminho. Nenhum suprimento de alimentos pode me salvar. Por sorte, é mesmo uma jornada verdadeiramente monstruosa."

Von den Gleichnissen (1922)

Viele beklagen sich, daß die Worte der Weisen immer wieder nur Gleichnisse seien, aber unverwendbar im täglichen Leben, und nur dieses allein haben wir. Wenn der Weise sagt: »Gehe hinüber«, so meint er nicht, daß man auf die andere Seite hinübergehen solle, was man immerhin noch leisten könnte, wenn das Ergebnis des Weges wert wäre, sondern er meint irgendein sagenhaftes Drüben, etwas, das wir nicht kennen, das auch von
ihm nicht näher zu bezeichnen ist und das uns also hier gar nichts helfen kann. Alle diese Gleichnisse wollen eigentlich nur sagen, daß das Unfaßbare unfaßbar ist, und das haben wir gewußt. Aber das, womit wir uns jeden Tag abmühen, sind andere Dinge.

Darauf sagte einer: »Warum wehrt ihr euch? Würdet ihr den Gleichnissen folgen, dann wäret ihr selbst Gleichnisse geworden und damit schon der täglichen Mühe frei.«

Ein anderer sagte: »Ich wette, daß auch das ein Gleichnis ist.«

Der erste sagte: »Du hast gewonnen.«

Der zweite sagte: »Aber leider nur im Gleichnis.«

Der erste sagte: »Nein, in Wirklichkeit; im Gleichnis hast du verloren.«

Sobre as parábolas

Muitos se queixam do fato de as palavras dos sábios serem sempre meras parábolas, não aplicáveis à vida cotidiana, e é somente esta que temos. Quando o sábio diz: "Vá para o outro lado", ele não quer dizer que se deve ir para o lado oposto, o que ainda poderia ser realizado, se valesse a pena o resultado do caminho; ele se refere a algum lendário além, algo que não conhecemos e que nem por ele há de ser designado mais detalhadamente, e, portanto, aqui não poderá nos ajudar em nada. Todas essas parábolas, na verdade, apenas querem mostrar que o inconcebível não pode ser concebido, e isso já sabíamos. Mas aquilo com que lutamos todos os dias são outras coisas.

Então alguém disse:

— Por que vocês estão relutando? Se fossem seguir as parábolas, vocês mesmos já teriam virado parábolas e se livrado das agruras do cotidiano.

Um outro disse:

— Aposto que isso também é uma parábola.

O primeiro disse:

— Você ganhou.

O segundo disse:

— Mas infelizmente só na parábola.

O primeiro disse:

— Não, na vida real; na parábola, você perdeu.

Das Ehepaar (1922)

Die allgemeine Geschäftslage ist so schlecht, daß ich manchmal, wenn ich im Büro Zeit erübrige, selbst die Mustertasche nehme, um die Kunden persönlich zu besuchen. Unter anderem hatte ich mir schon längst vorgenommen, einmal zu N. zu gehen, mit dem ich früher in ständiger Geschäftsverbindung gewesen bin, die sich aber im letzten Jahr aus mir unbekannten Gründen fast gelöst hat. Für solche Störungen müssen auch gar nicht eigentliche Gründe vorhanden sein; in den heutigen labilen Verhältnissen entscheidet hier oft ein Nichts, eine Stimmung, und ebenso kann auch ein Nichts, ein Wort, das Ganze wieder in Ordnung bringen. Es ist aber ein wenig umständlich zu N. vorzudringen; er ist ein alter Mann, in letzter Zeit sehr kränklich, und wenn er auch noch die geschäftlichen Angelegenheiten in seiner Hand zusammenhält, so kommt er doch selbst kaum mehr ins Geschäft; will man mit ihm sprechen, muß man in seine Wohnung gehen, und einen derartigen Geschäftsgang schiebt man gern hinaus.

Gestern abend nach sechs Uhr machte ich mich aber doch auf den Weg; es war freilich keine Besuchszeit mehr, aber die Sache war ja nicht gesellschaftlich, sondern kaufmännisch zu beurteilen. Ich hatte Glück. N. war zu Hause; er war eben, wie man mir im Vorzimmer sagte, mit seiner Frau von einem Spaziergang zurückgekommen und jetzt im Zimmer seines Sohnes, der unwohl war und im Bett lag.

O casal

As condições gerais dos negócios estão tão ruins que, quando consigo fazer sobrar tempo no escritório, eu mesmo às vezes pego a maleta de mostruário para visitar pessoalmente os clientes. Entre outras coisas, tinha decidido havia tempos visitar a casa de N., com quem já tive uma contínua relação comercial que, no último ano, contudo, quase se desfez devido a motivos que me são desconhecidos. Tais perturbações também não precisam ter motivos reais por trás delas; dentro das relações voláteis de hoje em dia, com frequência uma coisa de nada, uma disposição pode decidir tudo, e da mesma maneira uma coisa de nada, uma palavra pode voltar a pôr tudo em ordem. Mas é um pouco complicado chegar até N.; trata-se de um homem idoso, ultimamente bastante adoentado, e mesmo que ainda mantenha as questões comerciais em suas mãos, praticamente já não aparece na empresa; quem quiser falar com ele deve ir até sua casa, e tal visita comercial ninguém quer levar adiante.

Mesmo assim, ontem à noite depois das seis me coloquei a caminho; já não era mais hora de visitas, mas a questão em si não poderia ser avaliada de maneira social, mas sim comercial. Tive sorte. N. estava em casa; como me informaram na antessala, ele acabara de retornar com sua mulher de uma caminhada e agora estava no quarto do seu filho, que se encontrava indisposto e acamado.

Ich wurde aufgefordert auch hinzugehen; zuerst zögerte ich, dann aber überwog das Verlangen, den leidigen Besuch möglichst schnell zu beenden, und ich ließ mich, so wie ich war, im Mantel, Hut und Mustertasche in der Hand, durch ein dunkles Zimmer in ein matt beleuchtetes führen, in welchem eine kleine Gesellschaft beisammen war.

Wohl instinktmäßig fiel mein Blick zuerst auf einen mir nur allzu gut bekannten Geschäftsagenten, der zum Teil mein Konkurrent ist. So hatte er sich denn also noch vor mir heraufgeschlichen. Er war bequem knapp beim Bett des Kranken, so als wäre er der Arzt; in seinem schönen, offenen, aufgebauschten Mantel saß er großmächtig da; seine Frechheit ist unübertrefflich; etwas Ähnliches mochte auch der Kranke denken, der mit ein wenig fiebergeröteten Wangen dalag und manchmal nach ihm hinsah. Er ist übrigens nicht mehr jung, der Sohn, ein Mann in meinem Alter mit einem kurzen, infolge der Krankheit etwas verwilderten Vollbart. Der alte N., ein großer, breitschultriger Mann, aber durch sein schleichendes Leiden zu meinem Erstaunen recht abgemagert, gebückt und unsicher geworden, stand noch, so wie er eben gekommen war, in seinem Pelz da und murmelte etwas gegen den Sohn hin. Seine Frau, klein und gebrechlich, aber äußerst lebhaft, wenn auch nur soweit es ihn betraf — uns andere sah sie kaum —, war damit beschäftigt, ihm den Pelz auszuziehen, was infolge des Größenunterschiedes der beiden einige Schwierigkeiten machte, aber schließlich doch gelang. Vielleicht lag übrigens die eigentliche Schwierigkeit darin, daß N. sehr ungeduldig war und unruhig mit tastenden Händen immerfort nach dem Lehnstuhl verlangte,

Também pediram que eu fosse até lá; a princípio hesitei, mas depois predominou o desejo de terminar essa desagradável visita o mais rápido possível, e assim me fiz conduzir tal qual estava, com casaca, chapéu e maleta de mostruário nas mãos, por um quarto escuro para dentro de outro quarto parcamente iluminado, no qual uma pequena comitiva estava reunida.

Decerto por instinto, meu olhar recaiu primeiro sobre um agente comercial que eu conhecia bem até demais, que em parte era meu concorrente. Não é que ele conseguiu se esgueirar para cá antes de mim? Ele estava confortavelmente junto à cama do doente, como se fosse o médico; em seu belo, aberto e volumoso casaco estava ali sentado, imponente; seu atrevimento é insuperável; algo semelhante também deveria pensar o doente, que jazia ali com as faces um pouco coradas de febre e às vezes olhava para mim. Aliás, ele já não é tão jovem, o filho, é um homem da minha idade com uma curta barba cheia e um tanto desgrenhada devido à doença. O velho N., um homem alto e espadaúdo, mas que, para meu espanto, tinha se tornado mais magro, curvado e inseguro pela sua doença insidiosa, ainda estava de pé em seu casaco de pele, assim como estava ao chegar, e murmurou algo em direção ao filho. Sua mulher, pequena e frágil, mas extremamente vivaz, mesmo quando apenas em relação a ele — de nós mesmos ela quase não dava notícia —, estava ocupada em tirar o casaco de pele dele, o que rendia algumas dificuldades devido à diferença de altura entre ambos, mas que por fim conseguiu. Talvez a verdadeira dificuldade residisse justamente na impaciência de N., que exigia sem parar, inquieto e de mãos tateantes, a poltrona que,

den ihm denn auch, nachdem der Pelz ausgezogen war, seine Frau schnell zuschob. Sie selbst nahm den Pelz, unter dem sie fast verschwand, und trug ihn hinaus.

Nun schien mir endlich meine Zeit gekommen oder vielmehr, sie war nicht gekommen und würde hier wohl auch niemals kommen; wenn ich überhaupt noch, etwas versuchen wollte, mußte es gleich geschehen, denn meinem Gefühl nach konnten hier die Voraussetzungen für eine geschäftliche Aussprache nur noch immer schlechter werden; mich hier aber für alle Zeiten festzusetzen, wie es der Agent scheinbar beabsichtigte, das war nicht meine Art; übrigens wollte ich auf ihn nicht die geringste Rücksicht nehmen. So begann ich denn kurzerhand, meine Sache vorzutragen, obwohl ich merkte, daß N. gerade Lust hatte, sich ein wenig mit seinem Sohn zu unterhalten. Leider habe ich die Gewohnheit, wenn ich mich ein wenig in Erregung gesprochen habe — und das geschieht sehr bald und geschah in diesem Krankenzimmer noch früher als sonst — aufzustehen und während des Redens auf- und abzugehen. Im eigenen Büro eine recht gute Einrichtung, ist es in einer fremden Wohnung doch ein wenig lästig. Ich konnte mich aber nicht beherrschen, besonders da mir die gewohnte Zigarette fehlte. Nun, jeder hat seine schlechten Gewohnheiten, dabei lobe ich noch die meinen im Vergleich zu denen des Agenten. Was soll man zum Beispiel dazu sagen, daß er seinen Hut, den er auf dem Knie hält und dort langsam hin- und herschiebt, manchmal plötzlich, ganz unerwartet aufsetzt; er nimmt ihn zwar gleich wieder ab, als sei ein Versehen geschehen, hat ihn aber doch einen Augenblick lang auf dem Kopf gehabt, und das wiederholt er immer wieder von Zeit zu Zeit.

depois que o casaco de pele fora retirado, sua mulher, por fim, logo empurrou na direção dele. Ela mesma pegou o casaco de pele, sob o qual quase desapareceu, e o levou para fora.

Finalmente me pareceu que a minha hora havia chegado, ou melhor, não havia chegado e ali decerto nunca chegaria; se eu ainda quisesse tentar fazer algo, teria que ser logo, pois sentia que as condições para uma conversa comercial poderiam ficar ainda piores; contudo, fixar-me aqui para todo o sempre, como parecia ser o objetivo do agente, não era do meu feitio; aliás, eu não queria ter nem o mínimo de consideração por ele. Assim, sem cerimônia, comecei a apresentar a minha questão, apesar de perceber que N. justo então estava com vontade de conversar um pouco com seu filho. Infelizmente, quando entro numa fala mais animada — e isso acontece muito rapidamente e aconteceu nesse quarto de doente mais cedo que o normal —, tenho o hábito de me levantar e andar para lá e para cá durante a fala. Se no meu escritório é um expediente bastante bom, na moradia de outra pessoa isso é um pouco inoportuno. Contudo, não consegui me conter, especialmente porque me fazia falta o cigarro costumeiro. Bem, cada um tem seus maus hábitos, e elogio os meus em comparação com os do agente. O que deveríamos dizer, por exemplo, com relação ao fato de ele às vezes colocar, de maneira repentina e totalmente inesperada, o seu chapéu, que segura sobre o joelho e o desliza ali lentamente para frente e para trás; certo, ele o retira logo em seguida, como se tivesse acontecido por equívoco, mas ele o teve por um instante sobre a cabeça e sempre repete isso de tempos em tempos.

Eine solche Aufführung ist doch wahrhaftig unerlaubt zu nennen. Mich stört es nicht, ich gehe auf und ab, bin ganz von meinen Dingen in Anspruch genommen und sehe über ihn hinweg, es mag aber Leute geben, welche dieses Hutkunststück gänzlich aus der Fassung bringen kann. Allerdings beachte ich im Eifer nicht nur eine solche Störung nicht, sondern überhaupt niemanden, ich sehe zwar, was vorgeht, nehme es aber, solange ich nicht fertig bin oder solange ich nicht geradezu Einwände höre, gewissermaßen nicht zur Kenntnis. So merkte ich zum Beispiel wohl, daß N. sehr wenig aufnahmsfähig war; die Hände an den Seitenlehnen, drehte er sich unbehaglich hin und her, blickte nicht zu mir auf, sondern sinnlos suchend ins Leere und sein Gesicht schien so unbeteiligt, als dringe kein Laut meiner Rede, ja nicht einmal ein Gefühl meiner Anwesenheit zu ihm. Dieses ganze, mir wenig Hoffnung gebende krankhafte Benehmen sah ich zwar, sprach aber trotzdem weiter, so als hätte ich doch noch Aussicht, durch meine Worte, durch meine vorteilhaften Angebote — ich erschrak selbst über die Zugeständnisse, die ich machte, Zugeständnisse, die niemand verlangte — alles schließlich wieder ins Gleichgewicht zu bringen. Eine gewisse Genugtuung gab es mir auch, daß der Agent, wie ich flüchtig bemerkte, endlich seinen Hut ruhen ließ und die Arme über der Brust verschränkte; meine Ausführungen, die ja zum Teil für ihn berechnet waren, schienen seinen Plänen einen empfindlichen Stich zu geben. Und ich hätte in dem dadurch erzeugten Wohlgefühl vielleicht noch lange fortgesprochen, wenn nicht der Sohn, den ich als für mich nebensächliche Person bisher vernachlässigt hatte, plötzlich sich im Bette halb erhoben und mit drohender Faust mich zum Schweigen gebracht hätte.

Tal encenação deve de fato ser chamada de inadmissível. A mim não incomoda, eu caminho para lá e para cá, estou totalmente tomado pelos meus assuntos e meus olhos nem reparam nele, mas essa artimanha do chapéu deve enervar profundamente algumas pessoas. De todo modo, em meu fervor não percebo uma interferência como essa, assim como não percebo ninguém, até vejo o que está acontecendo, mas, em certa medida, não tomo conhecimento de nada enquanto não tiver terminado ou enquanto não ouvir objeções. Assim, por exemplo, percebi bem que N. era pouco receptivo; as mãos sobre os apoios de braço, ele se virava para lá e para cá em desconforto, não erguia o olhar para mim, apenas buscava inutilmente o vazio, e seu rosto parecia indiferente como se nenhum som da minha fala e nem mesmo um sentimento da minha presença chegassem até ele. De fato, eu via todo esse comportamento doentio e que me dava pouca esperança, mas segui falando como se tivesse o objetivo de, ao fim e ao cabo, restabelecer o equilíbrio de tudo por meio das minhas palavras e minhas ofertas vantajosas — eu mesmo me assustei com as concessões que fiz, concessões que ninguém exigira. Dava-me também um certo contentamento o fato de o agente, como percebi apenas de passagem, ter, afinal, repousado seu chapéu e cruzado os braços frente ao peito; minhas explanações, que em parte tinham sido calculadas visando a ele, pareciam ter dado um golpe contundente nos seus planos. E eu talvez tivesse continuado falando ainda por algum tempo com o bem-estar assim gerado, se o filho, que até então eu havia negligenciado como uma pessoa secundária para mim, não tivesse se erguido de repente na cama e me feito calar com punho ameaçador.

Er wollte offenbar noch etwas sagen, etwas zeigen, hatte aber nicht Kraft genug. Ich hielt das alles zuerst für Fieberwahn, aber als ich unwillkürlich gleich darauf nach dem alten N. hinblickte, verstand ich es besser. N. saß mit offenen, glasigen, aufgequollenen, nur für die Minute noch dienstbaren Augen da, zitternd nach vorne geneigt, als hielte oder schlüge ihn jemand im Nacken, die Unterlippe, ja der Unterkiefer selbst mit weit entblößtem Zahnfleisch hing unbeherrscht hinab, das ganze Gesicht war aus den Fugen; noch atmete er, wenn auch schwer, dann aber wie befreit fiel er zurück gegen die Lehne, schloß die Augen, der Ausdruck irgendeiner großen Anstrengung fuhr noch über sein Gesicht und dann war es zu Ende. Schnell sprang ich zu ihm, faßte die leblos hängende, kalte, mich durchschauernde Hand; da war kein Puls mehr. Nun also, es war vorüber. Freilich, ein alter Mann. Möchte uns das Sterben nicht schwerer werden. Aber wie Vieles war jetzt zu tun! Und was in der Eile zunächst? Ich sah mich nach Hilfe um; aber der Sohn hatte die Decke über den Kopf gezogen, man hörte sein endloses Schluchzen; der Agent, kalt wie ein Frosch, saß fest in seinem Sessel, zwei Schritte gegenüber N. und war sichtlich entschlossen, nichts zu tun, als den Zeitlauf abzuwarten; ich also, nur ich blieb übrig, um etwas zu tun und jetzt gleich das Schwerste, nämlich der Frau irgendwie auf eine erträgliche Art, also eine Art, die es in der Welt nicht gab, die Nachricht zu vermitteln. Und schon hörte ich die eifrigen, schlürfenden Schritte aus dem Nebenzimmer.

Ele parecia querer falar alguma coisa, mostrar alguma coisa, mas não tinha forças suficientes. Primeiro achei que fosse tudo delírio febril, mas, quando virei os olhos em seguida de forma inevitável para o velho N., entendi melhor o que era.

N. estava sentado com os olhos abertos, vítreos, inchados e que só ainda serviam por esse minuto, tremendo e inclinado para a frente como se alguém o segurasse ou lhe tivesse batido na nuca; o lábio inferior, na verdade o próprio maxilar pendia aberto e sem domínio com a gengiva exposta, todo o rosto parecendo fora de sintonia; ele ainda respirava, mesmo que pesadamente, mas então, como se liberto, despencou de encontro ao encosto, fechou os olhos, a expressão de algum grande esforço ainda percorreu seu rosto, e então acabou-se. Pulei rapidamente até ele, tomei da mão que pendia sem vida, fria e que me dava arrepios; não havia mais pulso. Bem, era o fim, então. Claro, um homem velho. Que a morte não nos seja mais difícil que isso. E quanta coisa havia a se fazer agora! E o que fazer primeiro, às pressas? Olhei em torno procurando por ajuda; mas o filho tinha puxado a coberta por sobre a cabeça, ouvia-se seu soluçar incessante; o agente, sangue de barata, estava pregado à sua poltrona, dois passos à frente de N., e visivelmente decidido a não fazer nada a não ser aguardar o transcorrer dos eventos; então só eu restei, só eu para fazer algo e agora justamente o mais difícil, ou seja, levar a notícia à mulher de alguma maneira suportável, ou seja, uma forma que não existia no mundo. E ouvi os passos zelosos, rastejantes, vindos do quarto ao lado.

Sie brachte — noch immer im Straßenanzug, sie hatte noch keine Zeit gehabt, sich umzuziehen — ein auf dem Ofen durchwärmtes Nachthemd, das sie ihrem Mann jetzt anziehen wollte. „Er ist eingeschlafen", sagte sie lächelnd und kopfschüttelnd, als sie uns so still fand. Und mit dem unendlichen Vertrauen des Unschuldigen nahm sie die gleiche Hand, die ich eben mit Widerwillen und Scheu in der meinen gehalten hatte, küßte sie wie in kleinem ehelichen Spiel und — wie mögen wir drei anderen zugesehen haben! — N. bewegte sich, gähnte laut, ließ sich das Hemd anziehen, duldete mit ärgerlich-ironischem Gesicht die zärtlichen Vorwürfe seiner Frau wegen der Überanstrengung auf dem allzu großen Spaziergang und sagte dagegen, uns sein Einschlafen anders zu erklären, merkwürdigerweise etwas von Langweile. Dann legte er sich, um sich auf dem Weg in ein anderes Zimmer nicht zu verkühlen, vorläufig zu seinem Sohn ins Bett; neben die Füße des Sohnes wurde auf zwei von der Frau eilig herbeigebrachten Polstern sein Kopf gebettet. Ich fand nach dem Vorangegangenen nichts Sonderbares mehr daran. Nun verlangte er die Abendzeitung, nahm sie ohne Rücksicht auf die Gäste vor, las aber noch nicht, sah nur hie und da ins Blatt und sagte uns dabei mit einem erstaunlichen geschäftlichen Scharfblick einiges recht Unangenehme über unsere Angebote, während er mit der freien Hand immerfort wegwerfende Bewegungen machte und durch Zungenschnalzen den schlechten Geschmack im Munde andeutete, den ihm unser geschäftliches Gebaren verursachte. Der Agent konnte sich nicht enthalten, einige unpassende Bemerkungen vorzubringen, er fühlte wohl sogar in seinem groben Sinn, daß hier nach dem, was geschehen war, irgendein Ausgleich geschaffen werden mußte,

Ela trouxe — ainda em roupas cotidianas, não tivera tempo de se trocar — uma camisola aquecida no fogão para vestir em seu marido.

— Ele adormeceu — disse ela sorrindo e sacudindo a cabeça, ao nos encontrar tão quietos.

E com a infinita confiança dos inocentes, ela pegou a mesma mão que eu havia segurado nas minhas com repulsa e vergonha, beijou-a como numa brincadeirinha conjugal e — qual não deve ter sido a expressão de nós três ao assistirmos a isso! — N. se moveu, deu um bocejo ruidoso, aceitou que lhe vestissem a camisa, tolerou com uma face zangada e irônica as carinhosas reprimendas da sua mulher sobre o esforço excessivo durante a caminhada demasiado longa e, estranhamente, falou, em vez disso, algo sobre tédio, para nos explicar seu adormecimento. Depois, para não se resfriar no caminho para um outro quarto, deitou-se temporariamente na cama ao lado de seu filho; sua cabeça foi repousada ao lado dos pés do filho sobre duas almofadas trazidas às pressas pela mulher. Depois do que aconteceu antes, não achei mais nada esquisito nisso. Ele apenas pediu o jornal da noite, abriu-o sem levar em conta os presentes no recinto, mas não o leu, apenas olhou uma ou outra folha e depois nos falou, com um espantoso olhar de tino para negócios, algumas coisas bastante desagradáveis sobre nossas ofertas, enquanto fazia repetidos gestos de desprezo com sua mão livre e, ao estalar a língua, dava a entender o mau gosto que nossa conduta social lhe causava na boca. O agente não pôde evitar alguns comentários inapropriados, ele chegava a sentir em seu estilo grosseiro que aqui, depois de tudo o que acontecera, deveria se chegar a algum tipo de compensação,

aber auf seine Art ging es freilich am allerwenigsten. Ich verabschiedete mich nun schnell, ich war dem Agenten fast dankbar; ohne seine Anwesenheit hätte ich nicht die Entschlußkraft gehabt, schon fortzugehen.

Im Vorzimmer traf ich noch Frau N. Im Anblick ihrer armseligen Gestalt sagte ich aus meinen Gedanken heraus, daß sie mich ein wenig an meine Mutter erinnere. Und da sie still blieb, fügte ich bei: „Was man dazu auch sagen mag: die konnte Wunder tun. Was wir schon zerstört hatten, machte sie noch gut. Ich habe sie schon in der Kinderzeit verloren." Ich hatte absichtlich übertrieben langsam und deutlich gesprochen, denn ich vermutete, daß die alte Frau schwerhörig war. Aber sie war wohl taub, denn sie fragte ohne Übergang: „Und das Aussehen meines Mannes?" Aus ein paar Abschiedsworten merkte ich übrigens, daß sie mich mit dem Agenten verwechselte; ich wollte gern glauben, daß sie sonst zutraulicher gewesen wäre. Dann ging ich die Treppe hinunter. Der Abstieg war schwerer als früher der Aufstieg und nicht einmal dieser war leicht gewesen. Ach, was für mißlungene Geschäftswege es gibt und man muß die Last weiter tragen.

mas, naturalmente, da sua maneira isso não seria nem minimamente possível. Despedi-me às pressas, estava quase grato ao agente; sem a sua presença, eu não teria tido a determinação para ir embora de imediato.

Na antessala encontrei a senhora N. Ao contemplar a sua figura miserável, disse o que me vinha na cabeça, que ela me lembrava um pouco a minha mãe. E como ela não me respondia, acrescentei:

— Podia-se dizer qualquer coisa: ela sabia fazer milagres. O que nós já tínhamos destruído, ela ainda recuperava. Eu a perdi quando ainda era criança.

Falei de propósito de modo lento e claro, pois imaginava que a idosa não ouvia bem. Mas ela decerto era surda, pois perguntou, ato contínuo:

— E a aparência do meu marido?

A partir de algumas palavras de despedida percebi, aliás, que ela me confundia com o agente; eu queria muito acreditar que, de outro modo, ela teria sido mais receptiva. Depois desci as escadas. A descida foi mais difícil do que a subida antes, e nem esta tinha sido muito fácil. Ah, como existem trajetos de negócios malsucedidos e como devemos seguir carregando esse fardo.

Gibs auf! (1922)

Es war sehr früh am Morgen, die Straßen rein und leer, ich ging zum Bahnhof. Als ich eine Turmuhr mit meiner Uhr verglich, sah ich, daß es schon viel später war, als ich geglaubt hatte, ich mußte mich sehr beeilen, der Schrecken über diese Entdeckung ließ mich im Weg unsicher werden, ich kannte mich in dieser Stadt noch nicht sehr gut aus, glücklicherweise war ein Schutzmann in der Nähe, ich lief zu ihm und fragte ihn atemlos nach dem Weg. Er lächelte und sagte: »Von mir willst du den Weg erfahren?« »Ja«, sagte ich, »da ich ihn selbst nicht finden kann.« »Gibs auf, gibs auf«, sagte er und wandte sich mit einem großen Schwunge ab, so wie Leute, die mit ihrem Lachen allein sein wollen.

Desista!

Era bem cedo de manhã, as ruas limpas e vazias, eu ia à estação de trem. Quando comparei um relógio de torre com o meu relógio, vi que já era bem mais tarde do que pensava, tive de me apressar, o susto dessa descoberta me deixou inseguro no caminho, eu ainda não conhecia muito bem esta cidade. Felizmente havia um guarda por perto, corri até ele e — sem fôlego — lhe perguntei o caminho.

Ele sorriu e disse:

— De mim você quer saber o caminho?

— Sim — eu disse —, já que não consigo encontrá-lo sozinho.

— Desista, desista — ele disse e me virou as costas com um grande embalo, como pessoas que querem ficar a sós com o seu riso.

Fürsprecher (1922)

Es war sehr unsicher, ob ich Fürsprecher hatte, ich konnte nichts Genaues darüber erfahren, alle Gesichter waren abweisend, die meisten Leute, die mir entgegenkamen, und die ich wieder und wieder auf den Gängen traf, sahen wie alte dicke Frauen aus, sie hatten große, den ganzen Körper bedeckende, dunkelblau und weiß gestreifte Schürzen, strichen sich den Bauch und drehten sich schwerfällig hin und her. Ich konnte nicht einmal erfahren, ob wir in einem Gerichtsgebäude waren. Manches sprach dafür, vieles dagegen. Über alle Einzelheiten hinweg erinnerte mich am meisten an ein Gericht ein Dröhnen, das unaufhörlich aus der Ferne zu hören war, man konnte nicht sagen, aus welcher Richtung es kam, es erfüllte so sehr alle Räume, daß man annehmen konnte, es komme von überall oder, was noch richtiger schien, gerade der Ort, wo man zufällig stand, sei der eigentliche Ort dieses Dröhnens, aber gewiß war das eine Täuschung, denn es kam aus der Ferne. Diese Gänge, schmal, einfach überwölbt, in langsamen Wendungen geführt, mit sparsam geschmückten hohen Türen, schienen sogar für tiefe Stille geschaffen, es waren die Gänge eines Museums oder einer Bibliothek. Wenn es aber kein Gericht war, warum forschte ich dann hier nach einem Fürsprecher? Weil ich überall einen Fürsprecher suchte, überall ist er nötig, ja man braucht ihn weniger bei Gericht als anderswo,

Intercessores

Era muito incerto se eu tinha intercessores, não pude descobrir nada preciso sobre isso, todos os rostos eram hostis, a maioria das pessoas que vinha ao meu encontro e que eu encontrava repetidamente nos corredores se parecia com mulheres velhas e gordas, usavam grandes aventais listrados de azul-escuro e branco que cobriam todo o corpo, alisavam suas barrigas e giravam com dificuldade de um lado para o outro. Nem sequer consegui descobrir se estávamos no prédio de um tribunal. Havia algumas evidências a favor e muitas contra. Para além e através de todas as minúcias, o que mais me lembrava um tribunal era um estrondo incessante que se ouvia ao longe, não se podia dizer de que direção vinha, preenchia tanto todos os espaços que se poderia supor que vinha de todos os lugares ou, o que parecia mais correto, o lugar exato onde você estava era o verdadeiro local desse estrondo, mas certamente isso era uma ilusão, pois vinha de longe. Esses corredores, estreitos, singelamente abobadados, conduzidos em viradas lentas, com portas altas e esparsamente ornadas, pareciam até mesmo feitos para um silêncio profundo, eram os corredores de um museu ou de uma biblioteca. Mas se não era um tribunal, por que eu estava aqui pesquisando por um intercessor? É porque eu procurava um intercessor em todos os lugares, ele é necessário em todos os lugares, sim, menos no tribunal do que em outros lugares,

denn das Gericht spricht sein Urteil nach dem Gesetz, sollte man annehmen. Sollte man annehmen, daß es hierbei ungerecht oder leichtfertig vorgehe, wäre ja kein Leben möglich, man muß zum Gericht das Zutrauen haben, daß es der Majestät des Gesetzes freien Raum gibt, denn das ist seine einzige Aufgabe, im Gesetz selbst aber ist alles Anklage, Fürspruch und Urteil, das selbständige Sicheinmischen eines Menschen hier wäre Frevel. Anders aber verhält es sich mit dem Tatbestand eines Urteils, dieser gründet sich auf Erhebungen hier und dort, bei Verwandten und Fremden, bei Freunden und Feinden, in der Familie und in der Öffentlichkeit, in Stadt und Dorf, kurz überall. Hier ist es dringend nötig, Fürsprecher zu haben, Fürsprecher in Mengen, die besten Fürsprecher, einen eng neben dem andern, eine lebende Mauer, denn die Fürsprecher sind ihrer Natur nach schwer beweglich, die Ankläger aber, diese schlauen Füchse, diese flinken Wiesel, diese unsichtbaren Mäuschen, schlüpfen durch die kleinsten Lücken, huschen zwischen den Beinen der Fürsprecher durch. Also Achtung! Deshalb bin ich ja hier, ich sammle Fürsprecher. Aber ich habe noch keinen gefunden, nur diese alten Frauen kommen und gehn, immer wieder; wäre ich nicht auf der Suche, es würde mich einschläfern. Ich bin nicht am richtigen Ort, leider kann ich mich dem Eindruck nicht verschließen, daß ich nicht am richtigen Ort bin. Ich müßte an einem Ort sein, wo vielerlei Menschen zusammenkommen, aus verschiedenen Gegenden, aus allen Ständen, aus allen Berufen, verschiedenen Alters, ich müßte die Möglichkeit haben, die Tauglichen, die Freundlichen, die, welche einen Blick für mich haben, vorsichtig auszuwählen aus einer Menge. Am besten wäre dazu vielleicht ein großer Jahrmarkt geeignet.

pois o tribunal emite seu julgamento de acordo com a lei, era de se supor. Caso se presuma que ele procede injusta ou levianamente nisso, então a vida não seria possível, deve-se ter confiança no tribunal, de que ele dá espaço livre à majestade da lei, pois essa é sua única tarefa, mas na lei em si tudo é acusação, defesa e sentença, a intromissão independente de um ser humano aqui seria uma blasfêmia. No entanto, é diferente com o fato de uma sentença, este fato se baseia em investigações aqui e ali, entre parentes e estranhos, entre amigos e inimigos, na família e em público, na cidade e na vila, em suma, em todos os lugares. Aqui é urgentemente necessário ter intercessores, intercessores em quantidade, os melhores intercessores, um bem ao lado do outro, uma muralha viva, pois os intercessores são por natureza difíceis de se mover, mas os acusadores, essas raposas astutas, essas doninhas ligeiras, esses ratinhos invisíveis, escapam pelas menores lacunas, passam furtivamente por entre as pernas dos intercessores. Então, atenção! É por isso que estou aqui, estou reunindo intercessores. Mas ainda não encontrei nenhum, apenas essas mulheres velhas vêm e vão, eternamente; se eu não estivesse procurando, isso me causaria sonolência. Não estou no lugar certo, infelizmente não consigo evitar a impressão de não estar no lugar certo. Eu deveria estar em um lugar onde muitas pessoas se reúnem, de diferentes regiões, de todas as camadas sociais, de todas as profissões, de diferentes idades, eu deveria ter a oportunidade de selecionar de uma multidão cuidadosamente os adequados, os amigáveis, aqueles que têm um olhar para mim. Talvez uma grande quermesse seja o mais adequado nesse sentido.

Statt dessen treibe ich mich auf diesen Gängen umher, wo nur diese alten Frauen zu sehn sind, und auch von ihnen nicht viele, und immerfort die gleichen und selbst diese wenigen, trotz ihrer Langsamkeit, lassen sich von mir nicht stellen, entgleiten mir, schweben wie Regenwolken, sind von unbekannten Beschäftigungen ganz in Anspruch genommen. Warum eile ich denn blindlings in ein Haus, lese nicht die Aufschrift über dem Tor, bin gleich auf den Gängen, setze mich hier mit solcher Verbohrtheit fest, daß ich mich gar nicht erinnern kann, jemals vor dem Haus gewesen, jemals die Treppen hinaufgelaufen zu sein. Zurück aber darf ich nicht, diese Zeitversäumnis, dieses Eingestehn eines Irrwegs wäre mir unerträglich. Wie? In diesem kurzen, eiligen, von einem ungeduldigen Dröhnen begleiteten Leben eine Treppe hinunterlaufen? Das ist unmöglich. Die dir zugemessene Zeit ist so kurz, daß du, wenn du eine Sekunde verlierst, schon dein ganzes Leben verloren hast, denn es ist nicht länger, es ist immer nur so lang, wie die Zeit, die du verlierst. Hast du also einen Weg begonnen, setze ihn fort, unter allen Umständen, du kannst nur gewinnen, du läufst keine Gefahr, vielleicht wirst du am Ende abstürzen, hättest du aber schon nach den ersten Schritten dich zurückgewendet und wärest die Treppe hinuntergelaufen, wärst du gleich am Anfang abgestürzt und nicht vielleicht, sondern ganz gewiß. Findest du also nichts hier auf den Gängen, öffne die Türen, findest du nichts hinter diesen Türen, gibt es neue Stockwerke, findest du oben nichts, es ist keine Not, schwinge dich neue Treppen hinauf. Solange du nicht zu steigen aufhörst, hören die Stufen nicht auf, unter deinen steigenden Füßen wachsen sie aufwärts.

Em vez disso, estou vagando por esses corredores nos quais só se veem essas mulheres velhas, e nem mesmo muitas delas, e sempre as mesmas, e mesmo essas poucas, apesar de sua lentidão, não se deixam ser interceptadas por mim, escapam de mim, flutuam como nuvens de chuva, completamente absorvidas por ocupações desconhecidas. Por que então corro cegamente para dentro de uma casa, sem ler a inscrição sobre o portão, já estou nos corredores, me fixo aqui com tanta obstinação que nem consigo me lembrar de ter estado na frente da casa, de ter subido as escadas? Mas não posso voltar atrás, essa perda de tempo, essa admissão de caminho errado seria insuportável para mim. Como? Correr escada abaixo nesta vida curta, apressada, acompanhada por um estrondo impaciente? Isso é impossível. O tempo que lhe foi concedido é tão curto que, se você perder um segundo, já perdeu toda a sua vida, pois ela não dura mais do que isso, ela é sempre apenas tão longa quanto o tempo que você perde. Então, se você começou um caminho, continue, sob todas as circunstâncias, você só pode ganhar, você não corre nenhum perigo, talvez você caia no abismo no final, contudo, se tivesse se virado após os primeiros passos e descido a escada, teria caído logo no início, não talvez, mas com certeza. Se você não encontrar nada aqui nos corredores, abra as portas, se não encontrar nada atrás dessas portas, há novos andares, se não encontrar nada lá em cima, não há problema, suba novas escadas. Enquanto você não parar de subir, os degraus não cessam, sob seus pés ascendentes eles crescem para cima.

Eine kleine Frau (1924)

Es ist eine kleine Frau; von Natur aus recht schlank, ist sie doch stark geschnürt; ich sehe sie immer im gleichen Kleid, es ist aus gelblich — grauem, gewissermaßen holzfarbigem Stoff und ist ein wenig mit Troddeln oder knopfartigen Behängen von gleicher Farbe versehen; sie ist immer ohne Hut, ihr stumpf-blondes Haar ist glatt und nicht unordentlich, aber sehr locker gehalten. Trotzdem sie geschnürt ist, ist sie doch leicht beweglich, sie übertreibt freilich diese Beweglichkeit, gern hält sie die Hände in den Hüften und wendet den Oberkörper mit einem Wurf überraschend schnell seitlich. Den Eindruck, den ihre Hand auf mich macht, kann ich nur wiedergeben, wenn ich sage, daß ich noch keine Hand gesehen habe, bei der die einzelnen Finger derart scharf voneinander abgegrenzt wären, wie bei der ihren; doch hat ihre Hand keineswegs irgendeine anatomische Merkwürdigkeit, es ist eine völlig normale Hand.

Diese kleine Frau nun ist mit mir sehr unzufrieden, immer hat sie etwas an mir auszusetzen, immer geschieht ihr Unrecht von mir, ich ärgere sie auf Schritt und Tritt; wenn man das Leben in allerkleinste Teile teilen und jedes Teilchen gesondert beurteilen könnte, wäre gewiß jedes Teilchen meines Lebens für sie ein Ärgernis. Ich habe oft darüber nachgedacht, warum ich sie denn so ärgere; mag sein, daß alles an mir ihrem Schönheitssinn, ihrem Gerechtigkeitsgefühl,

Uma pequena mulher

É uma mulher pequena; por natureza já bastante esbelta, mas mesmo assim usa um espartilho bem apertado; sempre a vejo com o mesmo vestido, feito de um tecido cinza-amarelado, parecendo cor de madeira, por assim dizer; é decorado com algumas borlas e penduricos de botões na mesma cor; ela sempre está sem chapéu, seu cabelo cor de palha é liso e não desarrumado, mas mantido bem frouxo. Apesar do espartilho, consegue se movimentar com leveza, ela até exagera nessa desenvoltura, gosta de manter as mãos no quadril e, de súbito, gira o tronco para um lado. Só posso descrever a impressão que a mão dela causou em mim ao dizer que ainda nunca vi uma mão com os dedos tão nitidamente separados uns dos outros como na mão dela; no entanto, sua mão não tem nenhuma anomalia anatômica, é uma mão perfeitamente normal.

Então, essa pequena mulher está bem insatisfeita comigo, sempre tem algum motivo para me criticar, sempre está sendo injustiçada por mim, eu a irrito a cada passo que dou; se for possível dividir a vida nos menores pedaços possíveis e julgar cada pedacinho separadamente, então cada pedacinho da minha vida seria uma irritação para ela. Já refleti muitas vezes sobre o porquê de a irritar tanto; pode ser que tudo a meu respeito contrarie o seu sentido de beleza, seu sentido de justiça,

ihren Gewohnheiten, ihren Überlieferungen, ihren Hoffnungen widerspricht, es gibt derartige einander widersprechende Naturen, aber warum leidet sie so sehr darunter? Es besteht ja gar keine Beziehung zwischen uns, die sie zwingen würde, durch mich zu leiden. Sie müßte sich nur entschließen, mich als völlig Fremden anzusehn, der ich ja auch bin und der ich gegen einen solchen Entschluß mich nicht wehren, sondern ihn sehr begrüßen würde, sie müßte sich nur entschließen, meine Existenz zu vergessen, die ich ihr ja niemals aufgedrängt habe oder aufdrängen würde — und alles Leid wäre offenbar vorüber. Ich sehe hiebei ganz von mir ab und davon, daß ihr Verhalten natürlich auch mir peinlich ist, ich sehe davon ab, weil ich ja wohl erkenne, daß alle diese Peinlichkeit nichts ist im Vergleich mit ihrem Leid. Wobei ich mir allerdings durchaus dessen bewußt bin, daß es kein liebendes Leid ist; es liegt ihr gar nichts daran, mich wirklich zu bessern, zumal ja auch alles, was sie an mir aussetzt, nicht von einer derartigen Beschaffenheit ist, daß mein Fortkommen dadurch gestört würde. Aber mein Fortkommen kümmert sie eben auch nicht, sie kümmert nichts anderes als ihr persönliches Interesse, nämlich die Qual zu rächen, die ich ihr bereite, und die Qual, die ihr in Zukunft von mir droht, zu verhindern. Ich habe schon einmal versucht, sie darauf hinzuweisen, wie diesem fortwährenden Ärger am besten ein Ende gemacht werden könnte, doch habe ich sie gerade dadurch in eine derartige Aufwallung gebracht, daß ich den Versuch nicht mehr wiederholen werde.

Auch liegt ja, wenn man will, eine gewisse Verantwortung auf mir, denn so fremd mir die kleine Frau auch ist, und so sehr die einzige Beziehung, die zwischen uns besteht, der Ärger ist, den ich ihr bereite, oder vielmehr

seus costumes, suas tradições, suas esperanças; existem, pois, naturezas contrárias a tal ponto, mas por que ela sofre tanto com isso? Não existe nenhum relacionamento entre nós que a forçaria a sofrer por causa de mim. Ela apenas precisaria decidir me considerar uma pessoa totalmente estranha, que de fato sou, e como tal eu não protestaria contra uma decisão assim, pelo contrário: muito a apoiaria, ela só precisaria decidir esquecer-se da minha existência, que eu nunca lhe impus ou iria impor — e aparentemente todo o sofrimento teria um fim. Nesse ponto nem penso em mim, nem considero que o comportamento dela obviamente também me é constrangedor, desconsidero isso, pois reconheço que esse constrangimento todo não é nada comparado ao sofrimento dela. Ao mesmo tempo, estou perfeitamente ciente de que isso não é sofrimento de quem ama; ela nem tem interesse em me melhorar, sobretudo porque tudo o que ela critica em mim não é de uma natureza tal que impacte no meu progresso. Mas o meu progresso também não a preocupa, nada a preocupa além do seu interesse pessoal, isto é, vingar o sofrimento que provoco nela e impedir o sofrimento que lhe ameaço causar no futuro. Já tentei uma vez lhe indicar qual seria a melhor forma de se pôr um fim a esse constante tormento, mas, justamente com isso, provoquei nela um surto tão grande que não irei repetir essa tentativa.

Uma certa responsabilidade, se quiserem, também recai sobre mim, pois mesmo que a pequena mulher me seja estranha, e mesmo que a única relação entre nós consista na irritação que lhe causo ou, melhor dizendo,

der Ärger, den sie sich von mir bereiten läßt, dürfte es mir doch nicht gleichgültig sein, wie sie sichtbar unter diesem Ärger auch körperlich leidet. Es kommen hie und da, sich mehrend in letzter Zeit, Nachrichten zu mir, daß sie wieder einmal am Morgen bleich, übernächtig, von Kopfschmerzen gequält und fast arbeitsunfähig gewesen sei; sie macht damit ihren Angehörigen Sorgen, man rät hin und her nach den Ursachen ihres Zustandes und hat sie bisher noch nicht gefunden. Ich allein kenne sie, es ist der alte und immer neue Ärger. Nun teile ich freilich die Sorgen ihrer Angehörigen nicht; sie ist stark und zäh; wer sich so zu ärgern vermag, vermag wahrscheinlich auch die Folgen des Ärgers zu überwinden; ich habe sogar den Verdacht, daß sie sich — wenigstens zum Teil — nur leidend stellt, um auf diese Weise den Verdacht der Welt auf mich hinzulenken. Offen zu sagen, wie ich sie durch mein Dasein quäle, ist sie zu stolz; an andere meinetwegen zu appellieren, würde sie als eine Herabwürdigung ihrer selbst empfinden; nur aus Widerwillen, aus einem nicht aufhörenden, ewig sie antreibenden Widerwillen beschäftigt sie sich mit mir; diese unreine Sache auch noch vor der Öffentlichkeit zu besprechen, das wäre für ihre Scham zu viel. Aber es ist doch auch zu viel, von der Sache ganz zu schweigen, unter deren unaufhörlichem Druck sie steht. Und so versucht sie in ihrer Frauenschlauheit einen Mittelweg; schweigend, nur durch die äußern Zeichen eines geheimen Leides will sie die Angelegenheit vor das Gericht der Öffentlichkeit bringen. Vielleicht hofft sie sogar, daß, wenn die Öffentlichkeit einmal ihren vollen Blick auf mich richtet,

na irritação que ela se deixa causar por mim, não poderia, portanto, ser-me indiferente o quanto ela sofre também fisicamente com essa irritação. Chegam a mim de vez em quando, com frequência cada vez maior, notícias de que pela manhã de novo estaria pálida, fatigada, atormentada por dores de cabeça e quase incapacitada de trabalhar; com isso, deixa os seus familiares preocupados, de diversas maneiras se tenta adivinhar as razões do seu estado, mas nada ainda foi encontrado. Só eu sei do que se trata, é o velho e sempre renovado aborrecimento. Porém, naturalmente não compartilho das preocupações dos seus familiares; ela é forte e resistente; quem consegue irritar-se tanto provavelmente também consegue superar os efeitos dessa irritação; suspeito até que — pelo menos até certo ponto — finge o seu sofrimento para assim direcionar a suspeita do mundo a mim. Ela é orgulhosa demais para dizer abertamente como a irrito com a minha existência; apelar a outros por minha razão ela consideraria um rebaixamento de sua pessoa; apenas por conta de uma aversão, uma aversão que nunca termina e que sempre a impulsiona, ela se ocupa comigo; discutir esse assunto impuro ainda em público seria vergonha demais para ela. Mas também é demais ficar totalmente calada diante dessa questão que a pressiona sem cessar. E assim tenta, com sua esperteza de mulher, um caminho intermediário; calada, apenas pelos sintomas externos da sua sofrência secreta, quer trazer essa causa para o tribunal da opinião pública. Talvez até esteja esperando desencadear — quando a opinião pública dirigir um dia sua atenção plena a mim —

ein allgemeiner öffentlicher Ärger gegen mich entstehen und mit seinen großen Machtmitteln mich bis zur vollständigen Endgültigkeit viel kräftiger und schneller richten wird, als es ihr verhältnismäßig doch schwacher privater Ärger imstande ist; dann aber wird sie sich zurückziehen, aufatmen und mir den Rücken kehren. Nun, sollten dies wirklich ihre Hoffnungen sein, so täuscht sie sich. Die Öffentlichkeit wird nicht ihre Rolle übernehmen; die Öffentlichkeit wird niemals so unendlich viel an mir auszusetzen haben, auch wenn sie mich unter ihre stärkste Lupe nimmt. Ich bin kein so unnützer Mensch, wie sie glaubt; ich will mich nicht rühmen und besonders nicht in diesem Zusammenhang; wenn ich aber auch nicht durch besondere Brauchbarkeit ausgezeichnet sein sollte, werde ich doch auch gewiß nicht gegenteilig auffallen; nur für sie, für ihre fast weißstrahlenden Augen bin ich so, niemanden andern wird sie davon überzeugen können. Also könnte ich in dieser Hinsicht völlig beruhigt sein? Nein, doch nicht; denn wenn es wirklich bekannt wird, daß ich sie geradezu krank mache durch mein Benehmen, und einige Aufpasser, eben die fleißigsten Nachrichten-Überbringer, sind schon nahe daran, es zu durchschauen oder sie stellen sich wenigstens so, als durchschauten sie es, und es kommt die Welt und wird mir die Frage stellen, warum ich denn die arme kleine Frau durch meine Unverbesserlichkeit quäle und ob ich sie etwa bis in den Tod zu treiben beabsichtige und wann ich endlich die Vernunft und das einfache menschliche Mitgefühl haben werde, damit aufzuhören — wenn mich die Welt so fragen wird, es wird schwer sein, ihr zu antworten. Soll ich dann eingestehn, daß ich an jene Krankheitszeichen nicht sehr glaube und soll ich damit den unangenehmen Eindruck hervorrufen,

uma ira geral e pública contra mim, e me julgar com os seus extensos meios de poder até a completa irrevogabilidade, com mais força e rapidez do que é capaz sua relativamente fraca e privada ira; neste caso, ela se retrairá, respirará aliviada e me dará as costas. Se isso, pois, é o que espera, então ela se engana. A opinião pública não assumirá o seu papel; a opinião pública jamais encontrará falhas tão infinitas em mim, mesmo se me investigar sob a lupa mais forte. Não sou uma pessoa tão inútil quanto ela acha; não quero me vangloriar, especialmente não nesse contexto; mas, mesmo se não for distinguido por uma excepcional utilidade, decerto também não vou me destacar pelo oposto; sou assim apenas para ela, para os olhos dela que quase brilham de brancura; ela não conseguirá convencer ninguém mais daquilo. Eu poderia, então, ficar totalmente tranquilo nessa questão? Não, pelo contrário; pois quando de fato se tornar conhecido que a deixo quase doente com o meu comportamento, e alguns vigilantes, justamente os mais zelosos mensageiros de notícias já estão perto de descobrir isso, ou pelo menos fingem como se tivessem descoberto, e se o mundo vir e me questionar por que atormento a pequena mulher com a minha incorrigibilidade e se pretendo levá-la à morte e quando, afinal, terei o bom senso e a simples compaixão humana para parar com isso — quando o mundo me perguntar assim, será difícil responder. Devo então admitir que não acredito muito naqueles sintomas de doença, e com isso devo causar a desagradável impressão de que,

daß ich, um von einer Schuld loszukommen, andere beschuldige und gar in so unfeiner Weise? Und könnte ich etwa gar offen sagen, daß ich, selbst wenn ich an ein wirkliches Kranksein glaubte, nicht das geringste Mitgefühl hätte, da mir ja die Frau völlig fremd ist und die Beziehung, die zwischen uns besteht, nur von ihr hergestellt ist und nur von ihrer Seite aus besteht. Ich will nicht sagen, daß man mir nicht glauben würde; man würde mir vielmehr weder glauben noch nicht glauben; man käme gar nicht so weit, daß davon die Rede sein könnte; man würde lediglich die Antwort registrieren, die ich hinsichtlich einer schwachen, kranken Frau gegeben habe, und das wäre wenig günstig für mich. Hier wie bei jeder andern Antwort wird mir eben hartnäckig in die Quere kommen die Unfähigkeit der Welt, in einem Fall wie diesem den Verdacht einer Liebesbeziehung nicht aufkommen zu lassen, trotzdem es bis zur äußersten Deutlichkeit zutage liegt, daß eine solche Beziehung nicht besteht und daß, wenn sie bestehen würde, sie eher noch von mir ausginge, der ich tatsächlich die kleine Frau in der Schlagkraft ihres Urteils und der Unermüdlichkeit ihrer Folgerungen immerhin zu bewundern fähig wäre, wenn ich nicht eben durch ihre Vorzüge immerfort gestraft würde. Bei ihr aber ist jedenfalls keine Spur einer freundlichen Beziehung zu mir vorhanden; darin ist sie aufrichtig und wahr; darauf ruht meine letzte Hoffnung; nicht einmal, wenn es in ihren Kriegsplan passen würde, an eine solche Beziehung zu mir glauben zu machen, würde sie sich soweit vergessen, etwas derartiges zu tun. Aber die in dieser Richtung völlig stumpfe Öffentlichkeit wird bei ihrer Meinung bleiben und immer gegen mich entscheiden.

para me livrar de uma culpa, culpo os outros, e ainda por cima de um jeito tão deselegante? E eu poderia então dizer, mesmo abertamente, que eu, ainda que acreditasse num estado de doença, não teria o mínimo de empatia, pois essa mulher me é totalmente estranha e a relação entre nós foi estabelecida apenas por ela e existe apenas por parte dela. Não quero dizer que não acreditariam em mim; antes disso — nem iriam acreditar, nem desacreditar; nem chegaria a ponto de se mencionar isso; apenas se registraria a resposta que dei diante de uma mulher fraca e doente, e isso seria pouco favorável para mim. Aqui, como em cada outra resposta, atrapalharia os meus planos a incapacidade do mundo de, em um caso como esse, não alimentar a suspeita de uma relação amorosa, mesmo que esteja mais do que claro que uma relação assim não existe e que, caso existisse, provavelmente ainda seria iniciada por mim, que de fato seria capaz de admirar a pequena mulher com a potência do seu julgamento e as incansáveis conclusões se eu não fosse sempre punido justamente por essas suas qualidades. Do lado dela falta, porém, qualquer traço de uma relação amigável para comigo; nisso ela é sincera e verdadeira; é nisso que jaz a minha última esperança; nem mesmo se coubesse no plano de guerra dela fazer acreditar em uma relação daquele tipo comigo, ela não se descontrolaria a ponto de fazer uma coisa dessas. Mas a opinião pública, totalmente cega nessa direção, ficará com a opinião dela e sempre decidirá contra mim.

So bliebe mir eigentlich doch nur übrig, rechtzeitig, ehe die Welt eingreift, mich soweit zu ändern, daß ich den Ärger der kleinen Frau nicht etwa beseitige, was undenkbar ist, aber doch ein wenig mildere. Und ich habe mich tatsächlich öfters gefragt, ob mich denn mein gegenwärtiger Zustand so befriedige, daß ich ihn gar nicht ändern wolle, und ob es denn nicht möglich wäre, gewisse Änderungen an mir vorzunehmen, auch wenn ich es nicht täte, weil ich von ihrer Notwendigkeit überzeugt wäre, sondern nur, um die Frau zu besänftigen. Und ich habe es ehrlich versucht, nicht ohne Mühe und Sorgfalt, es entsprach mir sogar, es belustigte mich fast; einzelne Änderungen ergaben sich, waren weithin sichtbar, ich mußte die Frau nicht auf sie aufmerksam machen, sie merkt alles derartige früher als ich, sie merkt schon den Ausdruck der Absicht in meinem Wesen; aber ein Erfolg war mir nicht beschieden. Wie wäre es auch möglich? Ihre Unzufriedenheit mit mir ist ja, wie ich jetzt schon einsehe, eine grundsätzliche; nichts kann sie beseitigen, nicht einmal die Beseitigung meiner selbst; ihre Wutanfälle etwa bei der Nachricht meines Selbstmordes wären grenzenlos. Nun kann ich mir nicht vorstellen, daß sie, diese scharfsinnige Frau, dies nicht ebenso einsieht wie ich, und zwar sowohl die Aussichtslosigkeit ihrer Bemühungen als auch meine Unschuld, meine Unfähigkeit, selbst bei bestem Willen ihren Forderungen zu entsprechen. Gewiß sieht sie es ein, aber als Kämpfernatur vergißt sie es in der Leidenschaft des Kampfes, und meine unglückliche Art, die ich aber nicht anders wählen kann, denn sie ist mir nun einmal so gegeben, besteht darin, daß ich jemandem, der außer Rand und Band geraten ist, eine leise Mahnung zuflüstern will.

Então só me restaria me transformar a tempo, antes que o mundo venha a intervir, não para anular a ira da pequena mulher, pois isso seria impensável, mas para arrefecê-la um pouco. E, de fato, me questionei com frequência se o meu estado atual me satisfazia ao ponto de não querer mudá-lo nem um pouco, e se não seria até possível efetuar em mim certas mudanças, mesmo se eu não o fizesse por ser convencido da necessidade delas, mas apenas para apaziguar a mulher. Honestamente eu tentei, não sem esforço e esmero, e isso até me satisfez, quase me divertiu; surgiram algumas poucas mudanças, visíveis de longe, não precisei chamar a atenção da mulher para elas, ela percebe tudo de um jeito um tanto mais rápido do que eu, ela já nota a expressão da intenção nos meus modos; mas não obtive sucesso algum. Como isso também poderia ser possível? A insatisfação dela comigo, como agora começo a entender, é de fato de uma ordem principal; nada a pode eliminar, nem mesmo a eliminação da minha pessoa; seus ataques de fúria, por exemplo, se fosse informada do meu suicídio, seriam imensos. Então não posso imaginar que ela, essa mulher perspicaz, não enxergue isso do mesmo modo que eu, isto é, que os esforços dela não têm chances reais e que sou inocente, e nem com a maior das boas vontades consigo me adequar às suas exigências. Decerto isso ela enxerga, mas, com sua natureza beligerante, esquece isso na paixão da luta, e o meu jeito infeliz, que não posso escolher de outra forma — uma vez que este é o que me foi concedido —, consiste no fato de eu querer sussurrar uma suave advertência a uma pessoa que perdeu todo o controle.

Auf diese Weise werden wir uns natürlich nie verständigen. Immer wieder werde ich etwa im Glück der ersten Morgenstunden aus dem Hause treten und dieses um meinetwillen vergrämte Gesicht sehn, die verdrießlich aufgestülpten Lippen, den prüfenden und schon vor der Prüfung das Ergebnis kennenden Blick, der über mich hinfährt und dem selbst bei größter Flüchtigkeit nichts entgehen kann, das bittere in die mädchenhafte Wange sich einbohrende Lächeln, das klagende Aufschauen zum Himmel, das Einlegen der Hände in die Hüften, um sich zu festigen, und dann in der Empörung das Bleichwerden und Erzittern.

Letzthin machte ich, überhaupt zum erstenmal, wie ich mir bei dieser Gelegenheit erstaunt eingestand, einem guten Freund einige Andeutungen von dieser Sache, nur nebenbei, leicht, mit ein paar Worten, ich drückte die Bedeutung des Ganzen, so klein sie für mich nach außen hin im Grunde ist, noch ein wenig unter die Wahrheit hinab. Sonderbar, daß der Freund dennoch nicht darüber hinweghörte, ja sogar aus eigenem der Sache an Bedeutung hinzugab, sich nicht ablenken ließ und dabei verharrte. Noch sonderbarer allerdings, daß er trotzdem in einem entscheidenden Punkt die Sache unterschätzte, denn er riet mir ernstlich, ein wenig zu verreisen. Kein Rat könnte unverständiger sein; die Dinge liegen zwar einfach, jeder kann sie, wenn er näher hinzutritt, durchschauen, aber so einfach sind sie doch auch nicht, daß durch mein Wegfahren alles oder auch nur das Wichtigste in Ordnung käme. Im Gegenteil, vor dem Wegfahren muß ich mich vielmehr hüten; wenn ich überhaupt irgendeinen Plan befolgen soll,

É óbvio que, dessa maneira, nunca nos entenderemos. Continuamente vou sair de casa, por exemplo, na felicidade das primeiras horas matutinas, e então enxergar esse rosto fechado, os lábios torcidos de mágoa, o olhar perscrutante e conhecedor do resultado já antes do exame que recai sobre mim, e do qual não escapa nada, nem na maior fugacidade, o riso amargo que se cravou nesse rosto de menina, os olhares de queixa levantados ao céu, o repousar das mãos no quadril para se fortalecer e depois, na hora da indignação — empalidecer e estremecer.

Recentemente, pela primeira vez, aliás, como tive que reconhecer para mim mesmo com surpresa nessa ocasião, fiz algumas alusões sobre esse assunto para um bom amigo, apenas de passagem, de leve, com algumas poucas palavras. Eu diminuí a relevância desse assunto, tão pequena ela possa parecer para mim no fundo, ainda para um grau abaixo do real. Curiosamente, mesmo assim, aquilo não passou desapercebido ao amigo, pelo contrário, ele até atribuiu à questão um peso maior por conta própria, não se deixou despistar e insistiu no assunto. O mais curioso ainda, porém, foi que, num ponto decisivo, ele subestimou a questão, pois me deu seriamente o conselho de viajar um pouco. Nenhum conselho poderia denotar mais incompreensão; por um lado, as coisas de fato são simples, todo mundo consegue, chegando mais perto, entendê-las, mas, por outro, elas também não são tão simples a ponto de, apenas me afastando, tudo poder ser resolvido, ou pelo menos o mais importante. Pelo contrário, preciso ter cuidado com um afastamento; aliás, se devo seguir qualquer plano,

dann jedenfalls den, die Sache in ihren bisherigen, engen, die Außenwelt noch nicht einbeziehenden Grenzen zu halten, also ruhig zu bleiben, wo ich bin, und keine großen, durch diese Sache veranlagten, auffallenden Veränderungen zuzulassen, wozu auch gehört, mit niemandem davon zu sprechen, aber dies alles nicht deshalb, weil es irgendein gefährliches Geheimnis wäre, sondern deshalb, weil es eine kleine, rein persönliche und als solche immerhin leicht zu tragende Angelegenheit ist und weil sie dieses auch bleiben soll. Darin waren die Bemerkungen des Freundes doch nicht ohne Nutzen, sie haben mich nichts Neues gelehrt, aber mich in meiner Grundansicht bestärkt.

Wie es sich ja überhaupt bei genauerem Nachdenken zeigt, daß die Veränderungen, welche die Sachlage im Laufe der Zeit erfahren zu haben scheint, keine Veränderungen der Sache selbst sind, sondern nur die Entwicklung meiner Anschauung von ihr, insofern, als diese Anschauung teils ruhiger, männlicher wird, dem Kern näher kommt, teils allerdings auch unter dem nicht zu verwindenden Einfluß der fortwährenden Erschütterungen, seien diese auch noch so leicht, eine gewisse Nervosität annimmt.

Ruhiger werde ich der Sache gegenüber, indem ich zu erkennen glaube, daß eine Entscheidung, so nahe sie manchmal bevorzustehen scheint, doch wohl noch nicht kommen wird; man ist leicht geneigt, besonders in jungen Jahren, das Tempo, in dem Entscheidungen kommen, sehr zu überschätzen; wenn einmal meine kleine Richterin, schwach geworden durch meinen Anblick, seitlich in den Sessel sank, mit der einen Hand sich an der Rückenlehne festhielt, mit der anderen an ihrem Schnürleib nestelte,

então decerto deverá ser esse, de manter o assunto em seus atuais e estreitos limites, sem incluir o mundo externo, ou seja, ficar quieto onde estou e impedir quaisquer mudanças grandes e nítidas que a situação possa provocar, o que inclui também não falar com ninguém sobre o assunto — tudo isso não porque o assunto seja um perigoso segredo, mas porque é uma questão menor e puramente pessoal, portanto de manejo consideravelmente fácil, e porque também deve permanecer assim. Nesse ponto, as observações do meu amigo de fato não foram em vão; não me ensinaram algo novo, mas me fortaleceram em minha visão básica.

De todo modo, como fica evidente depois de uma reflexão mais precisa, as mudanças que o estado de coisas parece ter sofrido ao longo do tempo não são mudanças da questão em si, mas, sim, o desenvolvimento da minha visão dela, pois essa visão fica em parte mais tranquila, mais masculina, se aproxima do cerne, em parte, todavia, assume um certo nervosismo sob a influência insuportável dos constantes abalos, por mais leves que sejam.

Fico mais calmo diante dessa questão quando penso reconhecer que uma decisão, por mais próxima que por vezes pareça, provavelmente ainda não chegará; há uma leve inclinação, em especial nos anos da juventude, de superestimar a velocidade com que decisões ocorrem; quando certa vez a minha pequena juíza ficou fraca ao me avistar e, inclinada, afundou-se numa poltrona, apoiando-se com uma mão no encosto, mexendo com a outra no seu corset,

und Tränen des Zornes und der Verzweiflung ihr die Wangen hinabrollten, dachte ich immer, nun sei die Entscheidung da und gleich würde ich vorgerufen werden, mich zu verantworten. Aber nichts von Entscheidung, nichts von Verantwortung, Frauen wird leicht übel, die Welt hat nicht Zeit, auf alle Fälle aufzupassen. Und was ist denn eigentlich in all den Jahren geschehn? Nichts weiter, als daß sich solche Fälle wiederholten, einmal stärker, einmal schwächer, und daß nun also ihre Gesamtzahl größer ist. Und daß Leute sich in der Nähe herumtreiben und gern eingreifen würden, wenn sie eine Möglichkeit dazu finden würden; aber sie finden keine, bisher verlassen sie sich nur auf ihre Witterung, und Witterung allein genügt zwar, um ihren Besitzer reichlich zu beschäftigen, aber zu anderem taugt sie nicht. So aber war es im Grunde immer, immer gab es diese unnützen Eckensteher und Lufteinatmer, welche ihre Nähe immer auf irgendeine überschlaue Weise, am liebsten durch Verwandtschaft, entschuldigten, immer haben sie aufgepaßt, immer haben sie die Nase voll Witterung gehabt, aber das Ergebnis alles dessen ist nur, daß sie noch immer dastehn. Der ganze Unterschied besteht darin, daß ich sie allmählich erkannt habe, ihre Gesichter unterscheide; früher habe ich geglaubt, sie kämen allmählich von überall her zusammen, die Ausmaße der Angelegenheit vergrößerten sich und würden von selbst die Entscheidung erzwingen; heute glaube ich zu wissen, daß das alles von altersher da war und mit dem Herankommen der Entscheidung sehr wenig oder nichts zu tun hat. Und die Entscheidung selbst, warum benenne ich sie mit einem so großen Wort? Wenn es einmal — und gewiß nicht morgen und übermorgen und wahrscheinlich niemals —

e lágrimas de raiva e desespero rolaram face abaixo, pensei o tempo todo que a decisão estava ali e logo mais seria chamado para encarar as consequências. Mas nada de decisão, nada de ser responsabilizado, mulheres passam mal com facilidade, o mundo não tem tempo de cuidar de todos os casos. E o que se passou de fato nesses anos todos? Nada além da repetição de casos como esse, ora mais forte, ora mais fraco, e do aumento do número total deles. E que há pessoas que vagueiam pelos arredores e gostariam de intervir caso achassem uma possibilidade para fazê-lo; mas não encontram nenhuma, até agora só confiam no seu faro e o faro em si basta, pois, para ocupar bastante o seu dono, mas não serve para outra coisa. No fundo sempre foi assim, sempre houve aquelas pessoas inúteis, guarda-esquinas e gastadores de ar, espertalhões que sempre justificavam sua proximidade, de preferência pelo parentesco, sempre prestavam atenção, sempre tinham o nariz cheio de faro, mas o resultado disso tudo é apenas que continuam parados ali. A diferença toda consiste no fato de que, com o tempo, passei a reconhecê-los, a distinguir seus rostos; antes acreditava que eles ajuntavam aqui aos poucos, de todos os lados, que as dimensões desse assunto aumentavam e que por si só forçariam uma decisão; hoje creio saber que tudo isso já existia desde os primórdios e tinha pouco ou nada a ver com a chegada da decisão. E a decisão em si, por que a nomeio com uma palavra tão grande? Se um dia — decerto não amanhã, nem depois de amanhã e provavelmente nunca —

dazu kommen sollte, daß sich die Öffentlichkeit doch mit dieser Sache, für die sie, wie ich immer wiederholen werde, nicht zuständig ist, beschäftigt, werde ich zwar nicht unbeschädigt aus dem Verfahren hervorgehen, aber es wird doch wohl in Betracht gezogen werden, daß ich der Öffentlichkeit nicht unbekannt bin, in ihrem vollen Licht seit jeher lebe, vertrauensvoll und Vertrauen verdienend, und daß deshalb diese nachträglich hervorgekommene leidende kleine Frau, die nebenbei bemerkt ein anderer als ich vielleicht längst als Klette erkannt und für die Öffentlichkeit völlig geräuschlos unter seinem Stiefel zertreten hätte, daß diese Frau doch schlimmstenfalls nur einen kleinen häßlichen Schnörkel dem Diplom hinzufügen könnte, in welchem mich die Öffentlichkeit längst als ihr achtungswertes Mitglied erklärt. Das ist der heutige Stand der Dinge, der also wenig geeignet ist, mich zu beunruhigen.

Daß ich mit den Jahren doch ein wenig unruhig geworden bin, hat mit der eigentlichen Bedeutung der Sache gar nichts zu tun; man hält es einfach nicht aus, jemanden immerfort zu ärgern, selbst wenn man die Grundlosigkeit des Ärgers wohl erkennt; man wird unruhig, man fängt an, gewissermaßen nur körperlich, auf Entscheidungen zu lauern, auch wenn man an ihr Kommen vernünftigerweise nicht sehr glaubt. Zum Teil aber handelt es sich auch nur um eine Alterserscheinung; die Jugend kleidet alles gut; unschöne Einzelheiten verlieren sich in der unaufhörlichen Kraftquelle der Jugend; mag einer als Junge einen etwas lauernden Blick gehabt haben, er ist ihm nicht übelgenommen, er ist gar nicht bemerkt worden, nicht einmal von ihm selbst, aber, was im Alter übrigbleibt, sind Reste, jeder ist nötig,

ocorrer de a opinião pública se ocupar com esse assunto que — vou repetir sempre — não é de sua alçada, não sairei desse processo incólume, mas certamente vão levar em consideração que não sou um desconhecido para o público, que desde sempre vivo em plena luz dele, confiante e merecedor de confiança, e que, por isso, essa pequena mulher sofredora que surgiu posteriormente, que, diga-se de passagem, um outro já reconhecera de repente havia muito tempo como um carrapicho e esmagado de um jeito totalmente imperceptível para o público sob sua bota, de modo que a mulher poderia, na pior das hipóteses, adicionar um pequeno e feio arabesco ao diploma pelo qual a opinião pública me reconhece há muito tempo como seu membro respeitável. Esse é o atual estado de coisas que tem pouca capacidade de me inquietar.

O fato de, com o passar do tempo, eu ter ficado, sim, um pouco inquieto não tem nada a ver com o sentido real da questão; simplesmente não se aguenta irritar alguém o tempo todo, mesmo reconhecendo quão infundada é a ira; você fica inquieto, começa, de certo modo apenas fisicamente, a ficar à espera de decisões, mesmo que, com sensatez, não acredite muito na sua vinda. Em parte, trata-se apenas de um sinal de envelhecimento; a juventude vê tudo em vestes bonitas; os detalhes feios se perdem na incessante fonte de força da juventude; se um homem teve um olhar um tanto de espreita quando menino, isso não foi levado a mal nem se notou, nem mesmo ele notou, mas o que sobra na velhice são restos, cada um é necessário,

keiner wird erneut, jeder steht unter Beobachtung, und der lauernde Blick eines alternden Mannes ist eben ein ganz deutlich lauernder Blick, und es ist nicht schwierig, ihn festzustellen. Nur ist es aber auch hier keine wirkliche sachliche Verschlimmerung.

Von wo aus also ich es auch ansehe, immer wieder zeigt sich und dabei bleibe ich, daß, wenn ich mit der Hand auch nur ganz leicht diese kleine Sache verdeckt halte, ich noch sehr lange, ungestört von der Welt, mein bisheriges Leben ruhig werde fortsetzen dürfen, trotz allen Tobens der Frau.

nenhum será renovado, cada um está sob observação, e o olhar de espreita de um homem que envelhece é, portanto, um olhar decididamente à espreita, e não é difícil percebê-lo. Mas nem mesmo aqui se trata de uma piora verdadeira e objetiva.

De qualquer lado que eu olhe para o assunto, repetidamente fica claro, e a isto vou me ater, que quando eu cobrir com a mão, mesmo que de leve, essa pequena questão, poderei ainda, por muito tempo e sem intervenções do mundo, tocar tranquilamente a minha costumeira vida, apesar de todo o enfurecimento da mulher.

Posfácio
Tradução colaborativa de textos literários: sobre o processo de tradução deste volume

Markus J. Weininger

A tradução colaborativa (várias pessoas traduzindo um texto em conjunto), também chamada de cotradução ou tradução coletiva, abrange uma variedade de configurações[1], é aplicada em diversas áreas e por diferentes motivos, e considerada um fenômeno pouco investigado (*under-researched*) por Robert Neather no seu verbete sobre o assunto na *Routledge Encyclopedia of Translation Studies* de 2019. Na tradução técnica ou na legendagem[2], quando um volume grande de texto precisa ser traduzido com um prazo reduzido e o trabalho é dividido

---

1. Ver Daniel Martineschen, "Tradução colaborativa" (Centro Austríaco, 10 set. 2020. Disponível em: centroaustriaco.com/2020/09/10/traducao-colaborativa/. Acesso em: 16 mar. 2024), que também menciona a tradução pareada.
2. Lingjuan Fan, "Collaborative Translation and AVT". In: Łukasz Bogucki e Mikołaj Deckert (eds.), *The Palgrave Handbook of Audiovisual Translation and Media Accessibility: Palgrave Studies in Translating and Interpreting*. Cham: Palgrave Macmillan, 2020.

entre um grupo de profissionais para agilizar. O mesmo ocorre no caso de traduções voluntárias[3], de maiores volumes de textos, como no caso de artigos de Wikipedia, de *Fanfiction*[4], ou de legendagem de vídeos no YouTube, que até disponibiliza uma ferramenta específica para tradução colaborativa. O volume *Collaborative Translation: From the Renaissance to the Digital Age*, organizado por Anthony Cordingley e Céline Frigau Manning em 2017, abrange tanto aspectos históricos quanto teóricos e algumas análises de casos interessantes que ilustram situações peculiares da colaboração entre tradutores e autores, e entre tradutores, inclusive em contextos plurilíngues e multinacionais. Zwischenberger[5] salienta a facilidade da tradução colaborativa online, com deslocamento global entre os membros da equipe de tradução. Além da vantagem de dividir a carga de trabalho e alcançar maior rapidez na tradução, a modalidade colaborativa oferece outros aspectos interessantes, por exemplo: maior eficácia no momento da revisão mútua das partes traduzidas por outros membros do grupo que têm um

---

3. Alberto Fernández Costales, "Collaborative Translation Revisited: Exploring the Rationale and the Motivation for Volunteer Translation". *FORUM: Revue Internationale d'Interprétation et de Traduction/International Journal of Interpretation and Translation*, v. 10, n. 1, pp. 115-42, jan. 2012.

4. Fabíola do Socorro Figueiredo dos Reis, Izabela Guimarães Guerra Leal e Christiane Stallaert, "Traduções colaborativas: O caso das fanfictions". *Ilha do Desterro*, v. 71, n. 2, pp. 93-108, 2018.

5. Cornelia Zwischenberger, "Online Collaborative Translation". In: Cornelia Zwischenberger e Alexa Alfer (eds.), *Translaboration in Analogue and Digital Practice: Labour, Power, Ethics*. Berlim: Frank & Timme, 2022.

olhar não viciado sobre o texto de chegada, mas com a vantagem de estarem familiarizados com os elementos intra e extratextuais do projeto de tradução.

A tradução colaborativa é muito usada em contextos de formação de tradutores, tanto entre aprendizes que podem unir esforços e compartilhar estratégias, quanto em situações de supervisão ou mentoria, em que profissionais mais experientes orientam um grupo de iniciantes. Diferentes soluções para dificuldades e problemas de tradução podem aguçar a sensibilidade de profissionais iniciantes e ajudar a aumentar o seu repertório de estratégias e procedimentos tradutórios. Os tradutores podem discutir questões de tradução, resolver problemas e trocar ideias ao longo do processo, resultando em uma tradução mais madura.[6] Mesmo em times experientes, cada tradutor contribui com as próprias experiências, habilidades e conhecimentos culturais para o projeto, o que pode enriquecer a tradução final com diferentes nuances e interpretações. Tradutores com diferentes origens culturais podem oferecer insights valiosos sobre aspectos culturais específicos do texto original, garantindo que esses elementos sejam transmitidos com precisão na tradução.

No caso de traduções de textos de línguas raras, uma tradução colaborativa pode viabilizar uma tradução direta, sendo que o tradutor mais familiarizado com a língua de partida elucida elementos linguísticos e culturais do texto de partida, e o tradutor mais fluente na língua de

---

6. Alain Désilets e Jaap van der Meer, "Co-creating a Repository of Best-practices for Collaborative Translation". *Linguistica Antverpiensia, New Series: Themes in Translation Studies*, v. 10, 2021.

chegada assume a produção do texto de chegada, unindo forças para alcançar um resultado que nenhum dos dois poderia alcançar sozinho. Essa metodologia permitiu que Haroldo de Campos trabalhasse em traduções de línguas nas quais tinha uma proficiência limitada, apesar de ele preferir o rótulo de transcriação em vez do de tradução colaborativa, assim salientando o aspecto inovador de valorizar o texto de chegada criado por ele acima do texto de partida.

As traduções haroldianas que valorizaram mais o espírito dos textos de partida do que as suas letras e palavras receberam elogios e críticas, estas últimas ao longo do conhecido bordão que rima tradução com traição. No caso da tradução literária, há ainda um outro, que iguala a tradução à solidão. Traduzir textos literários em geral significa se debruçar solitariamente sobre o texto, consultar muitas referências dicionaristas, outros textos de e sobre quem criou o texto de partida, pesquisas sobre o contexto da época, textos paralelos e paratextos, traduções do texto para outros idiomas, diferentes tentativas e versões iniciais do texto de chegada. A tradução literária, na maioria das vezes, não sofre de prazos apertados, mesmo porque as traduções costumam ser iniciadas bem antes de se ter uma editora para publicá-las, de forma que, na verdade, é mais comum elas se alongarem. Anos de trabalho para render aquele texto e a tradução nunca parece pronta. Dessa maneira, tradutoras e tradutores de literatura também sofrem pressão, mas não por excesso de volume de trabalho, textos monótonos e escassez de prazo, e em geral sofrem em silêncio e solidão. Sua escravidão é diferente da tradução técnica, que amarra o profissional no computador sem trégua. Ela acorrenta

eternamente porque nunca parece conseguir finalizar o texto de chegada. A tradução colaborativa é uma excelente forma de amenizar e superar esse sofrimento.

No caso da presente tradução dos últimos contos de Kafka, vários dos aspectos supracitados a favor da tradução colaborativa de textos literários se aplicam. A composição do nosso grupo ajudou a incluir diferentes perspectivas culturais no trabalho, com um falante nativo da língua de chegada e um da língua de partida, além de uma pessoa que representa o horizonte cultural do Leste Europeu. O estilo dos microcontos de Kafka é simples, quase minimalista, vocabulário moderno e cotidiano (com algumas poucas exceções de elementos marcados ou datados). Nesse sentido, parece se aproximar da Nova Objetividade (*Neue Sachlichkeit*) iniciada depois do período do Expressionismo. Após os impactos dilacerantes deste, que tentava romper a fachada da normalidade, aquela tematizava o comum, as pequenas coisas que poderiam representar as esferas superiores de forma isenta, não sentimental. Porém, apesar do estilo aparentemente seco e até lacônico, Kafka mantém, ao mesmo tempo, um certo elemento expressionista e nos assombra, em suas parábolas do incompreensível mundo moderno, com a sensação de que o monstruoso também é generalizável e comum.

Como sempre ocorre em textos muito curtos, com apenas algumas dezenas de palavras que carregam um universo textual inteiro[7], faz-se necessária a análise

---

7. No caso da tradução de poesia, ver Markus J. Weininger, "Algumas reflexões inevitáveis sobre a tradução de poesia" (In: Rosvitha Friesen Blume e Markus J. Weininger [orgs.], *Seis décadas de poesia alemã: Do pós-guerra ao início do século XXI*. Florianópolis: EdUFSC, 2012), pp. 193-216.

minuciosa de todas as camadas de significação, denotação e conotação, aspectos simbólicos, eventuais referências implícitas ao contexto histórico ou à sociedade da época, a concepção visual e espacial da estrutura narrativa. É um desafio considerável manter nos textos de chegada esse equilíbrio tênue e característico de Kafka, entre banalidade do absurdo, sarcasmo e um idealismo quase espiritual, que, implicitamente, parece almejar um paraíso de harmonia e ética humana, aparentemente perdido e fora de alcance.

Para darmos conta das demandas dessa tarefa tradutória, primeiramente esmiuçamos os textos de partida em detalhes, discutimos e analisamos diferentes estratégias e soluções de tradução em encontros semanais de duas horas ao longo de um ano e meio. Uma pessoa do grupo preparava uma tradução inicial de um conto, e as outras duas contribuíam com as suas percepções e sugestões, trazendo um grau de reflexão e aprimoramento dos textos traduzidos que raras vezes é alcançado de forma solitária. À rodada de revisão coletiva final de todos os textos traduzidos, seguiu-se a edição definitiva por quem havia iniciado a tradução de cada conto para fechar o círculo dessa metodologia. A precisão e a revisão dos textos de chegada aumentaram consideravelmente com esse procedimento, bem como a consistência do estilo, o que representa uma das questões relevantes que podem surgir na tradução colaborativa em que cada pessoa assume uma parte do(s) texto(s).

Assim, a solidão da tradução deu lugar a uma celebração coletiva semanal desse maravilhoso ofício.

Os contos e seus tradutores

Prometeu | Izabela M. Drozdowska-Broering

Retorno a casa | Daniel Martineschen

Poseidon | Daniel Martineschen

O recrutamento de tropas | Daniel Martineschen

A recusa | Daniel Martineschen

À noite | Izabela M. Drozdowska-Broering

Sobre a questão das leis | Izabela M. Drozdowska-Broering

O grande nadador (fragmento) | Daniel Martineschen

A comunidade | Markus J. Weininger

A prova | Izabela M. Drozdowska-Broering

O abutre | Markus J. Weininger

O pião | Izabela M. Drozdowska-Broering

O brasão da cidade | Markus J. Weininger

O timoneiro | Izabela M. Drozdowska-Broering

Pequena fábula | Markus J. Weininger

A partida | Markus J. Weininger

Sobre as parábolas | Markus J. Weininger

O casal | Daniel Martineschen

Desista! | Markus J. Weininger

Intercessores | Markus J. Weininger

Uma pequena mulher | Izabela M. Drozdowska-Broering

ESTE LIVRO FOI COMPOSTO EM CENTURY751 BT CORPO 10,5 POR 14,5 E
IMPRESSO SOBRE PAPEL PÓLEN BOLD 90 g/m² NAS OFICINAS DA RETTEC
ARTES GRÁFICAS E EDITORA, SÃO PAULO – SP, EM OUTUBRO DE 2024